醫香情願

下

風文創
845

南林 著

目錄

第二十一章

八月天氣漸涼。

雞鳴幾遍，天微亮，村莊還沒有從沈睡中醒來，院中的一株櫻樹枝葉上覆著一層薄露。

有幾隻雀鳥停在上面嘰嘰喳喳叫了幾聲，似乎沒有尋找到食物，然後撲騰翅膀飛走。

堂屋大門緊閉，院中沒有其他的聲響。

江未歇靜靜地站在東偏屋的窗前，看著院中安靜的一切，聽著偶爾傳來的幾聲犬吠和鳥叫，眼前的書卷還停留在昨夜睡前翻到的那一頁。

不知道這是他第幾次在這樣的時辰醒來。

他不是自己想醒來，畢竟昨夜看書到夜半才睡，而是他最近總是多夢、睡不安穩，甚至睡不著而早醒。

昨夜他又作了好幾個奇怪的夢，夢裡自己好似置身於最黑、最深的黃泉之下，沒有一絲的光亮，除了腳下泛著寒氣、冷硬如冰的地面，他什麼都觸摸不到，什麼都看不見。

他的耳畔卻能聽到清晰的哭聲——或嗚咽，或抽泣，或放聲嚎啕，或隱忍嘶啞……無論哪一種都那麼撕心裂肺，讓聞者斷腸。

他聽得出那是蘇荏的哭聲。

那聲音就在耳邊，可他在夢裡喊她，沒有任何回應，哭聲依舊。

當他從夢中驚醒，發現自己已經淚濕枕巾。

他總覺得這些夢有來處，或許這就是蘇荏上輩子的經歷。

所以每回醒來，他的心都久久不能平復。

不知道對著小窗站了多久，忽然一陣曉風迎面吹來，帶著絲絲寒意，他不禁瑟縮了下，輕咳幾聲。

此時堂屋中也響起了動靜，他知道待會兒父母瞧見自己這般模樣必然又要擔憂，便回到床上蓋緊被子，閉上眼卻怎麼也睡不著。

第一道陽光灑下來，整個村莊也慢慢甦醒。

炊煙、犬吠、人語，一切又如常。

早飯後，他藉口這幾天有些咳嗽、不舒服，想去鎮子上讓大夫瞧瞧。

江母聽他說話聲音的確有些沙啞，而且這些天食慾不振、有些消瘦，以為是他最近讀書太累了，嘮叨了幾句後要陪著他一起去，卻被他拒絕。

「兒子只是咳嗽、喉嚨不舒服，身子還是好的，我待會兒和阿翁一起走。兒子都這麼大了，娘還不放心嗎？」

瞧他說得從容，江母也不想多管著他。

現在他身子好些了，她也樂見他願意多出去走走。

蘇荏從家裡到藥鋪後，就和吳小六一起將昨天剛收來的藥草鋪在藥筐內，放在後院的藥架上晾曬。隨後則依照平日的習慣，檢查藥櫃裡的藥是否短缺，如有短缺及時補足。

然後再忙其他的零碎活，或者幫李長河碾藥、搗藥、配藥。

有了空閒時間，蘇荏便跟著李長河學習針灸。

針灸精深，李長河自言從醫幾十年所學有限，普通醫書記載的人體經絡、穴脈尚有他不精通之處，更別說其他罕見的醫書孤本所記，也未有涉獵學習。所以他能夠教給蘇荏的都是比較粗淺的東西。

李長河的醫術是繼承先祖，但畢竟只是一家之學，給一般的病人醫治沒有太大問題，但若遇到疑難雜症，他多半也是束手無策。

就如他為江小郎調理身子，若非經過譚大夫提點，他重新調整了藥方，或許幾個月前的府試，江小郎都未必能撐下來。

蘇荏想起那日站在門檻外對她笑的單薄少年。

已經好幾個月沒有見到他了，想必身子日漸壯實了吧？

當初聽李錘說，他接連好幾天來找她，但似乎沒有什麼要緊的事情，她猜想大概是想謝她，或者是和她聊聊敏州府試的經歷。

偏巧那幾日藥鋪很忙，她隨著外翁出診，待幾日後藥鋪稍稍閒了些，她一直留在藥鋪，而他卻不來了。

她抬頭朝門口望去，意外瞧見了那個熟悉的少年身影立在門檻處，面帶淡淡的笑看著她，只是笑容顯得有些虛弱。細看之下，竟比從敏州回來的時候還削瘦，下巴都已經瘦得尖了。眼睛下面有一團青黑，面容憔悴。

蘇荏略顯詫異，對他笑了笑，正欲招呼他進醫館。

江未歇卻眉頭一擰，掩口連咳好幾聲。

「舊病又犯了？」

蘇荏忙走上前伸手想要攙扶，然而觸到他的衣袖，又收了回去。

「沒有，只是這段時間失眠多夢，受了些夜寒，沒什麼大礙。」

蘇荏一邊讓他到小桌邊坐，一邊去後院端了杯熱茶過來。
「外翁剛剛出診，就在隔壁街，應該過會兒就回來，回來後給你瞧瞧吧，看你身子不是很好。」
「妳……」
他想說讓她給瞧瞧，畢竟她也學醫一年多了，這種小病應該能夠應付，但是又怕開口被她拒絕，還是嚥了回去。
「妳最近忙嗎？」
他接過茶杯喝了一口潤潤喉，淡淡的藥香、微微的苦澀，這是藥茶。
在他縣試的時候，蘇荏每日為他沖泡此茶，茶性溫，對於身子一向虛寒的他來說再適宜不過。
他心中暖暖，抬頭看她正抱來石臼，在對面坐下。
「不算忙。」蘇荏一邊搗藥，一邊對他道。「估計你是最近讀書緊張，所以夜間才會失眠多夢。」
江未歇微笑著附和。「應該是吧！」
「其實你無須如此緊張，你接連拿下縣試、府試案首，現在身子又漸漸恢復了，明年八月的院試，你怎麼樣也能夠取中，何須擔憂呢？」

江未歇低頭看著手中的茶杯，沒有回答。

蘇荏帶著幾分打趣地道：「莫非你是想再拿下院試的案首，湊個小三元？」

江未歇的確是有這樣的打算，但是他知道院試不比縣試、府試，且不說考試的內容和深度都增加了，單是到時候齊聚安州府的士子們，都是全江源幾十個縣拔尖的，他們中許多人也拿下過各自所在縣州的縣試或府試案首，甚至是和他一樣連拿下兩次，他們都是不容小覷的對手。

他前世今生都是重病之軀，學識沒有其他的士子紮實，縣試、府試考的內容主要以記誦為主。

他素來記憶超群，不能說過目成誦，但也差不多，所以佔了優勢。

然而，院試內容難度增加，他對自己真的沒信心。

他很想知道前世的段明達院試成績如何，可惜前世他並未聽說。

見他沒有回應，面前的小姑娘垂眸繼續認真搗藥，一下一下，似乎所有的心思都在石臼上。

他忽然開口問：「段明達會拿下院試案首嗎？」

「不……」

蘇荏話剛出口就震驚地止住了。

他在問她段明達？
她與段明達沒有任何來往，甚至未曾單獨說過話，他為何有此一問？
而且還關心人家院試是否能拿下案首，他在想什麼？
她抬頭瞥了眼江未歇，見他面帶淺笑，目光卻含著一絲落寞。
「不知道。你們都是讀書人，去敏州赴考也算相交一場，應該互相知道底子深淺，怎麼反過來問我？我可不懂了。」她冷笑一聲。「這話若讓別人聽去，還以為我和段家二郎有什麼非比尋常的交情，不知道會怎麼猜想。」說完，抱著石臼起身朝櫃檯去。
江未歇見蘇荏生氣，當即慌了，忙起身追過去解釋。
「荏妹妹，我不是那個意思。」
蘇荏沒有理會，放下石臼，蹲下身去櫃檯下面找東西。
江未歇瞧不見她的臉，更加著急了。
「我真不是那個意思！荏妹妹，是我說錯話了，是我不對，我道歉，妳別生氣好不好？」
同在櫃檯裡的李錘詫異地看了眼兩人。
蘇荏來藥鋪快半年了，還從沒看她對誰生氣過，就連當初段明通那般糾纏，她也只是避而不見，並未氣惱。

剛剛兩人在小桌邊說什麼，他也沒注意聽，怎麼忽然這個看上去斯文懂禮的江小郎，就把荏妹子給惹生氣了？

李錘望向櫃檯外正在擦桌椅的吳小六，兩人面面相覷。

江未歇見蘇荏不回應，著急慌忙地朝櫃檯裡去，卻不小心撞到櫃檯邊的矮櫃，直接摔倒在地，帶著咳了兩聲。

蘇荏心下一緊，扭頭望去。

江未歇正撐著矮櫃站起來，但撐著的那隻手明顯有鮮血流出。鮮紅的血從白皙修長的指尖滴落，顯得尤為醒目，江未歇竟渾然不覺。

「怎麼了？」

蘇荏忙過去攙扶，這才瞧清楚掉落在地上的裁紙刀刃處有一道血跡。

「傷得重嗎？」看著江未歇眉頭緊鎖在忍著疼，她也不由得心疼幾分，將他扶到小桌邊坐下，忙翻看他的手掌。

血是從手腕處流出，一道一寸來長的血口，所幸傷口不深也沒有傷及主要經脈。

此時李錘和吳小六也趕忙過來，瞧見了傷。

李錘立即從一旁端來藥筐，吳小六也打來一盆清水。

蘇荏認真地幫他清理傷口、上藥，話語中帶有幾分嗔怪。「這麼大的人了，怎麼一點都不沈穩，著急什麼？」

「我……」

江未歇瞧著面前低頭幫他包紮傷口的蘇荏，反駁的話竟然不敢說出口。

她都生氣了，若是以後不理他了怎麼辦？

他能不著急嗎？能不慌嗎？

「幸好手腕只是皮肉劃傷，不重。身上可還有其他摔傷？」蘇荏將他袖子放下來，抬頭問。

江未歇輕輕揉了揉自己膝蓋和大腿，剛剛撞到矮櫃邊又摔倒在地上，這會兒還隱隱作痛，估計已經青紫一片了。

蘇荏瞧見他的動作，但男女有別，那個位置她不便去幫他察看。

李錘立即解圍道：「我幫你瞧瞧吧！這種跌打磕碰的傷，我還是會處理的。」

「不用。」江未歇笑著拒絕。「無妨。」

蘇荏從藥筐裡拿出一小瓶的膏藥遞給他。

「回去自己搽一搽。」

見她起身準備回櫃檯後面，江未歇忙伸手拉住她，卻意識到自己失禮，慌忙鬆開。

他聲音低啞含著乞求。「荏妹妹，我道歉，剛剛是我考慮不周、言語有失，妳別生我氣行不行？」

蘇荏回頭看他，沒有搭話。

此刻細想，她越發覺得奇怪，他為何突然憑空問她段明達院試能否得案首？她不是讀書人，與段明達無交往，此問毫無邏輯和理由。

他提問時，沒用「妳認為、妳覺得、妳猜測」等這類讓她去思考、衡量的委婉用詞，而是直接問她「段明達會拿下院試案首嗎」，似乎她應該知道這個答案，或者說……他認為她該知道?!

再聯想到前世段明達連續拿下兩次案首，而這輩子江未歇取而代之，她心中開始惶恐不安起來。

難道他也是重生？

甚至猜到了她亦是如此？

可若是重生，為何去年他還會喝下那碗可能讓他送命的湯藥？

前世，他是在院試結束後逝世，應該知道段明達最後是否拿下院試案首，為何還要問她？

江未歇看出蘇荏的懷疑，他當時在蘇荏專注的時候忽然發問，只是想在她毫無防備之下得到一個真實的答案，哪怕在她意識到自己失言後去瞎編理由解釋，他都會裝作相信不疑。

但他沒想到蘇荏的反應會那麼大，甚至誤解他，現在更對他產生懷疑，讓他弄巧成拙，真後悔自己剛剛的冒失。

他有幾分心虛、幾分害怕，他猜出了她是重生，卻不想讓她知道自己也重活一世。至少現在他不想，因為還太早了。

江未歇立即解釋。「縣試、府試段明達與我都只差一個名次，院試我不想反而輸給他，可又沒有什麼把握，所以剛剛在焦慮之下也就口不擇言亂問了。其實我就是想找個人傾訴排解，得些許寬慰。荏妹妹，妳別多想，我真的沒有其他意思。」

蘇荏看著面前的少年說這話時，眼神真摯誠懇，有懊惱後悔也有緊張擔憂，更多的是害怕。

她心中稍稍寬慰，或許是因為自己對段家的人太過敏感了，稍有涉及就過分緊張，進而小題大做。

興許真的是自己想多了，江未歇只是焦慮擔憂才會那麼詢問。

這樣年紀的少年多半都是要強的人，雖連摘下兩個案首，緊追其後的卻是同一個人，想必都會緊張不安。

他這段時間夜裡多夢失眠，不正是因為對自己的要求太高、焦慮所致嗎？

想通了這些，她心裡頭徹底鬆了口氣，反而覺得江未歇還是滿有意思的。

蘇荏笑著調侃他。「你都傷成這樣了，我哪裡還敢怪你，若是惹得你舊疾犯了，那我豈不是罪過了？」

江未歇也跟著鬆了口氣。「謝謝妳。」

「還謝我？」

江未歇溫柔一笑。

李長河恰時回來，瞧見江未歇面容憔悴，便笑呵呵地上前來給他察看身子狀況。

對於這個乖巧知禮的少年，他還是很欣賞的，特別是看出這個少年對自家外孫女有意時，更是歡喜。

一番檢查後，身體倒是沒有什麼大礙，囑咐他回去後多休息，讓江母熬一些紅棗雪梨喝幾天，咳嗽也就慢慢好了。

此時，藥鋪裡來了幾個抓藥和一個看診的病人，幾人都忙了起來。

蘇荏沒有時間招呼他，江未歇也識趣地告辭了。

雖然這一次過來，身上帶著幾處傷回去，但是能夠和蘇荏說一會兒話，他心裡的結也解了，還是值得的。

何況他還得知了院試段明達並沒有奪下案首，也算是意外的收穫。

回去後他總算能夠安心讀書，夜間那些奇怪的夢的確慢慢少了，沒幾天便不再作那樣的夢。

秋收過後，天氣已經有了深秋的寒意。

江未歇素來怕冷，出門時間更少了。只是偶爾想蘇荏的時候，就會找著這樣、那樣的藉口去富康藥鋪。

江父、江母知道兒子的心思，念著年初縣試蘇家荏丫頭照顧過自己的兒子，的確是個不錯的孩子，只簡單地叮囑他別總往藥鋪跑、要多看看書，其實還是由著他。

蘇荏瞧他每次過來說這裡、那裡不舒服，知道他是故意的。

莊稼人有個小病小痛能忍就忍了，哪有動不動就花錢跑去看大夫的？

雖然藥鋪沒收過他銀錢，但人情也不是這麼用的，他不可能不懂。

知道他的來意，她也不說破，只是開他玩笑。「什麼時候江小郎這般嬌氣了，小刀子劃破指尖都跑來了，是不是待明年天暖，被蚊蟲叮咬個包也過來呀？」

江未歇笑而不語。

第二十二章

秋去冬來，雪融花開。

蘇荏一如往常傍晚回到家，瞧見夕陽下東偏屋牆邊坐著三人，其中一人是劉婆。

劉婆看她回來，起身迎上來，將她上下打量了一遍，樂呵呵地笑出一臉褶子。

「荏丫頭這兩年長開了，越發俊俏了。」

劉婆拉著她走回到蘇母和紀婆的面前，指著說：「妳們瞧瞧這模樣，別說是附近幾個村了，就是整個三山鎮都找不到比這更標緻的姑娘。」

蘇荏打過招呼、喊了人後，挎著籃子準備進屋。

劉婆卻一把拉著她坐下，笑著道：「這事妳也聽聽。」

「什麼事？」雖這麼問，但她心裡清楚，劉婆說的事十成是提親。

自從她去年過了及笄，就有好些人登門要說親，蘇母也問過她的意思。她藉口一來自己太小，二來大哥還沒成親，自己不能搶在前頭，而且她還想大哥回來送她出嫁。

蘇母和蘇父商量著，長子最是疼幾個弟妹，他從軍的時候荏丫頭尚且年幼，若一回來見到妹妹已經出嫁，他卻沒有參與，必然難過。

而且聽說前線北蠻人連連敗退，應該過不了一、兩年就能結束戰事，女兒年紀還小，一、兩年也等得起，所以也就不再催促這事情，凡有登門提親的人，他們就找個藉口給推辭了。

今日劉婆登門，蘇母也明確拒絕了，但劉婆非要等著荏丫頭回來當面和她說，還保證她必然滿意這家。

劉婆拉著她的手不放，滿臉堆著笑。「妳可認識鎮子上的何裁縫？」

「認識。」

鎮上就兩家裁縫鋪子，前些天蘇葦說他衣服又短了，偏巧蘇母那幾天手燙傷了，她索性就拿布到何裁縫的鋪子去請他幫忙量身裁衣，正準備這兩日去瞧瞧衣服是不是做好了呢！

看來劉婆想要說親的對象，是何裁縫的大兒子。

何大郎子承父業，也是做裁縫的人，那日在鋪子裡瞧見了他。當時他正給一個客人介紹布料，能說會道，玲瓏機變，將客人哄得樂開了花，原本只是想給自己做身衣服，最後連自己男人和孩子的都捎帶上。

後來蘇荏走的時候，何大郎將她和蘇葦也一陣誇讚，雖然話很中聽，但她總覺得有些不真實，所以只是一笑而過，並未放在心上。

劉婆笑著道：「何家大郎看上了妳。那孩子模樣好、勤懇又會說話，而且家裡頭也寬裕……」

蘇荏一直保持微笑，聽著劉婆將誇讚的話說完才開口。

「何大郎的確是難得的好兒郎，只是我福薄，注定是要錯過了。他這樣的好兒郎一定能找到更好的姑娘，劉婆這一趟是要白跑了。」說著，她從籃子裡拿了個回來路上撿的木偶塞到劉婆手裡。「劉婆，聽說妳去年抱上大孫子，這個小孩子應該喜歡。」

劉婆看了眼手裡的東西，輕嘆了聲。

「我聽妳娘說了，妳是想等妳大哥回來，可姑娘家不比小伙子，稍稍大了些可就難嫁人了。」

「兩、三年我還等得起。到時候我大哥回來，可還要麻煩劉婆費心，給我大哥物色個好人家的姑娘呢！」

送走劉婆和紀婆後，蘇荏站在門口愣了好一會兒。

她在想：這輩子還要嫁人嗎？

似乎自己對此並沒有什麼期待。

自從劉婆之後，還有一、兩個人登門要給蘇荏說親，在蘇母婉拒後，也就不再提這事了。

一個多月後，蘇荏在村子上又瞧見劉婆，這次她是替何大郎向蘇二叔家的蘇芳提親。

蘇芳比她小不到兩歲，也差不多到了可以說親的年紀。

蘇芳的樣貌姣好，前世是嫁到鎮子北的大陳村去，也沒聽說何大郎向她提過親。這輩子有這檔子事，不知道是不是和她有關。

蘇荏也沒去多想，不過對於何大郎這個女婿，蘇二嬸應該是非常滿意的。

前段時間因為方臘梅攛掇蘇蓬和二嬸分家單過，她氣得坐在門口罵了兒子、兒媳不孝順好幾天，如今這件事算讓她稍稍緩了些。

但是也不會緩多久，之後，方臘梅生了兒子，婆媳之間還有得吵鬧。

果然沒過些日子，就聽說二嬸應了何家的親事，何家準備過年前就將人迎娶過去。

隨後蘇荏在鎮上遇到何大郎時，他對她一臉冷笑不屑，讓她對此人更生出幾分不喜。

夏收農忙的時候，蘇荏偶爾在家裡幫忙不去鎮子上。

這日，她正在家門口的空地上翻曬麥子，瞧見曉豔回娘家來，又是身上帶著傷。

自從上次回去後，這已經不是兩人第一次動手了，也不是她第一次回娘家，這次看著雖然鼻青臉腫，卻沒有前幾次嚴重。

曉慧過來求藥的時候，提及段明通也受了不輕的傷，而且段家鍋碗瓢盆能砸的都被曉豔給砸了，就差沒有點火燒房子了。

段母氣得差點背過氣去，段阿婆直接氣得臥病在床。

曉豔在娘家住了月餘，旺嬸怨恨段大郎的同時，也對自己女兒失望透頂，罵她不會處理家庭關係，別人家都是好好過日子，到了她這兒就沒一天安生。

曉豔在娘家挨了旺嬸和阿婆、嬸子不少的數落，她也意識到現在對於娘家人來說，她就是潑出去的水，不會再有什麼好臉色，最後她忍受不住娘家人的冷眼，自己又揹著包袱回了段村。

沒兩個月，聽說曉豔懷了身孕，雖然還和段明通三天一小吵、五天一大吵，但段家對她態度明顯改善不少。

段明達一直在縣城裡讀書，興許是覺得家裡的糟心事太多，眼不見為淨，所以除了逢年過節，幾乎不回來。

轉眼就到了七月，下個月便是院試，段明達這才回家一趟，一來和父母報備此事，二來也是準備些盤纏，過幾日要去安州府赴考。

安州位於恭縣南約五百里，他準備和兩個同窗同行，順便搭乘對方家的馬車，路上安全不說，也少些勞累。

江未歇此時也開始準備啟程前往安州。這次他沒有與段明達結伴而行，還是由江未晚和江路陪著他一起。

院試之前要準備的東西以及考試的流程，江秀才和他一一說明，甚至這一年多，江秀才針對考試內容詳細和他解說，他也下了不少苦功。

雞鳴而起，三更而眠，若非每日練著李長河教他的那套強身健體的拳法，他不知道病倒多少次了。

現在不僅沒病沒痛，身子反而調養得更好，最近幾個月都沒有怎麼咳喘過，甚至幫著江父搬一袋豆子都不成問題。

這次參加院試，身體方面已經沒有太大的問題，只考試內容仍讓他略有擔心。別人寒窗苦讀十載，而他雖然前面十幾年也有讀書，但去掉臥病，算下來也只有別人一半年數，其他都是靠這一年半的瘋狂惡補。

記誦的部分，他有自信沒問題，但其他方面還有欠缺。

江秀才直言，取中是沒問題，若想拿案首，可能性不大。

臨行前兩天，江未歇特地去鎮上的富康藥鋪探望蘇荏，和她辭別。

蘇荏從蘇葦的口中得知他後日就要啟程，所以提前給他準備了一些東西，原本想讓蘇葦通過江秀才的手轉送給他，卻不想他自己來了藥鋪。

她知道吃穿的東西江母必然準備齊全，筆墨紙硯之類的江秀才也是內行，所以她能準備的也就是各種藥。

一個小籃子遞到江未歇面前的小桌上。

蘇荏笑著道：「雖然希望你一樣都用不上，但是有備無患。這裡面有傷寒退燒的藥，也有跌打損傷的，怕你去安州水土不服，還特地準備了一些開胃化食、止瀉、止痛、止咳的藥，我都一一標注清楚了。」

「對了，還有，」蘇荏轉身到櫃檯後面又抓了兩副藥，一併放在籃子裡。「這是治你舊疾的，若是犯了可以隨時煎煮。」

江未歇看著面前滿滿一籃子的藥，有些哭笑不得，臨行前送這麼多的藥，她恐怕是古往今來第一人。

知道的人說她好心，不知道的還以為她是在詛咒他呢！

提著這一籃子藥，他不像是去赴考，倒像去賣藥的。

江未歇心裡頭卻是無比溫暖，至少她能夠為他著想，而且思慮這般周全，幾乎將可能遇到的疾患都考慮在內。

世上除了母親，再也沒有一個人會為他這般細心。

他笑著道：「看在妳準備了這些藥，我也會保重身體，考個好名次回來。」

「那我可盼著你能把這些藥原封不動地帶回來了。」

兩人說話好一會兒，不知不覺已經晌午時分。

蘇葦從外面蹦蹦跳跳地進來，見到江未歇大叫一聲「歇哥哥」，人跟著撲了上去。

江未歇毫無防備，被突如其來的衝力撞得連退好幾步，抵在櫃檯上才穩住身子。

蘇荏心揪了下，見兩人沒事，對蘇葦教訓道：「沒個正經樣子！若是摔倒怎麼辦？」

蘇葦對她嘿嘿一笑，抱著江未歇，昂首抱怨。「歇哥哥，你好久沒去學堂了，我和柱子他們都很想你，聽說你後日要去安州參加院試，我們還準備明天去看你呢！」

江未歇拍了拍他的手臂，從他懷中掙脫，反問他。「你怎麼不在學堂，跑出來了？」

「來看大姊做了什麼好吃的。」

蘇荏轉而問蘇荏中午吃什麼。

後院有灶房，蘇荏一般都是自己做午飯。學堂離藥鋪也就一條街的距離，蘇葦很多時候會過來吃午飯，但是今日她和江未歇閒聊竟然忘了時辰。

見沒飯吃，蘇葦失望地噘了噘嘴巴，忽然想到昨日晚上打賭的事情，靈機一動，拉著兩人去對面的麵館。

兩人被一個半大少年一左一右拉著穿街而過，忽覺有些尷尬，都想要掙開蘇葦的手，但被蘇葦抓著不放。

「大姊、歇哥哥，我都餓死了！午後還要去學堂，遲到了夫子又要打我手板，你們快點！」

街道不寬，拉拉扯扯就到了麵館門前。

麵館的嬸子和蘇荏很熟，對江未歇只是見過幾面，並不知是何人。

瞧著分坐桌子左右的兩人，兒郎眉清目秀、溫和斯文，姑娘清麗脫俗、溫柔和善，心裡不由得感嘆：真是般配的一對！

嬸子也不多話，問了他們吃什麼，就笑呵呵地去準備了。

蘇葦坐在江未歇的身邊，拉著他縮了縮脖子，笑呵呵地道：「歇哥哥，在你去安州之前可不可以幫我一個忙。」

「什麼忙？」

「昨天我和大姊打了個賭，你要幫我贏。」

江未歇好奇地朝蘇荏看了一眼。

蘇荏笑而不語。

蘇葦繼續道：「昨天夫子出題，讓每人作詩一首，可大姊嘲笑我寫的詩一無是處。

我不服氣就讓大姊出題，保准能一口氣做出來，可大姊說的題目我都沒弄懂什麼意思，她還說就是歆哥哥，你都別想一口氣能做出來，然後……我就和大姊打賭了。」

江未歆疑惑地看了下蘇荏，卻也不禁笑了。

自己的確是不怎麼擅長寫詩，但院試有一項考題便是作詩，所以平日內他還是會刻意去練習，只是要想一口氣就寫出一首來，他還真的需要好好磨練磨練。

蘇荏這話雖然讓他聽著心裡不舒服，但也不算是輕看他。

「那你恐怕是要輸了。」

蘇葦立即道：「你都沒聽題目，怎麼就知道自己寫不出來呢？」

「你都沒聽懂題，必然是難的。」

「可……你讀的書多呀！」蘇葦抱著一線希望，懇求地道：「歆哥哥，你可一定要幫我！輸了，我就要燒一個月的灶了。」

江未歆的胳膊被他搖著都快散了架。

坐在對面的蘇荏抿唇低笑，然後對蘇葦道：「可別為難他了。」

蘇葦立即激將道：「歆哥哥，你看，大姊都看扁你了，我們不能輸呀！」

江未歆望去，蘇荏只是抿唇低笑，但他心裡越發不舒服。

別人怎麼看他，他心中都不會有多大的波瀾，但蘇荏這麼看他，真的讓他心痛。

江未歇強裝淡定地笑問：「什麼題目？」

蘇葦見他願意幫忙，立即樂了，撓了撓腦袋道：「題目奇怪，好像叫『沙翻痕似浪，風急響疑雷』。」說完還抱怨一句。「哪有這種題目的！」

江未歇愕然。

這是詩題，卻也是兩句詩。

蘇葦入學剛兩年，詩題多半是山水風雪、花鳥魚蟲這類，自然接觸不到這種詩題。他說沒有聽懂這個題目，也是因為不知這兩句詩的出處。

據他所知，蘇荏雖然識字也讀過幾本書，或許讀過此詩，卻也還不到能想出這樣的詩題，而這樣的詩題恰恰就是院試往年所考的形式。

他看著面前的人兒，恰時麵館的嬸子端著兩碗麵過來。

蘇荏避開他的目光去接麵碗，端到蘇葦的面前，又從竹筒裡抽了筷子，根本不願迎上他的目光。

他忽然有個大膽的猜想，這應該就是前世院試，試帖詩的考題，而她應該是從段明達那裡聽過，並記了下來。

原來她是藉此形式來幫他！

他不由對剛剛誤解蘇荏，而生出自責。

「歐哥哥還真的一口氣寫不出來，我回去好好想想，應該能寫更好的。」

他看似笑著對蘇葦道，實際上是對蘇荏說。

在江未歇出發去安州的兩日後，富康藥鋪來了個特別的人。

午飯後，藥鋪內無人看病、無人抓藥。

李長河有些疲倦，就到後院休息，尤管事忙著採買藥材的事情不在藥鋪，吳小六出去買東西，李錘則趴在櫃檯後面打著盹，而蘇荏正坐在一旁的小桌邊翻看醫書。

醫書所寫的正是人體經脈、穴脈和針灸。

李長河教給她的針灸之法雖然粗淺，但她仍舊似懂非懂，總覺得這其中似乎有一個關鍵點自己沒找到，所以腦子一直開不了竅，頓悟不了，就好似針療醫病一般，扎下去許多針都沒有找到正確的穴位。

所以最近她一有空就翻看相關的醫書，慢慢琢磨研究，想早些領悟。

全神專注地看著醫書，對著一張人體經脈腧穴明堂圖慢慢思索，連桌前站了個人都渾然不覺。

「大姪女。」

因聲音很輕，蘇荏太專注，並沒有聽到。

「大姪女！」

聲音高了幾分，蘇荏潛意識中知道有個人，但是沒太在意。

「咳！大姪女！」

聲音又提高了一些，蘇荏這才聽到有人說話，瞥見矮桌前的衣襬，是紫色綢面料子。

她抬頭望去，正對上距離自己鼻尖只有幾寸的一張巨大笑臉，心頭一緊，被嚇得身子朝後仰去，小木凳一翻跌坐在地上，疼得她倒吸了口涼氣。

面前的人沒有上前攙扶，也沒有關心詢問，而是咧嘴哈哈大笑。拉過一旁的小木凳坐在矮桌對面，一雙大眼盯著她看，兩個酒窩笑得很深。

蘇荏回過神來，再看面前的一張笑臉，舒了口氣。

「譚公子？你……怎麼來這兒了？」

蘇荏從地上爬起來，扶正小凳子。

在櫃檯邊打瞌睡的李錘也被剛剛的動靜驚醒，瞧見小桌邊坐著的人，匆忙地走上前招呼。「四公子。」

譚椿抓起桌子上的醫書，當扇子搧起來，吩咐道：「提壺涼茶來，渴死我了！」

蘇荏看著自己心愛的醫書，那可是尤管事上次去縣城時專門買給她的！她從身後拿過一把蒲扇遞給譚椿。
譚椿看了看自己手中的書卷，和面前滿眼心疼盯著書的小姑娘，嘿嘿地笑了兩聲，接過蒲扇，將書本遞還給她。
蘇荏立即將抓縐的書頁輕輕展平。
譚椿單肘撐在矮桌上笑嘻嘻地道：「這種醫書我家中多得是，妳想看什麼類別的都有，齊全得很，還有很多珍藏的手抄本和孤本，改天送妳幾本。」
他接過李錘端來的茶，一口灌下去，補充道：「珍藏的不能送。」
蘇荏抬頭看他，額頭一層薄汗，第二杯涼茶又喝去一半。
「譚公子怎麼來這兒了？」
譚椿一手端著涼茶，一手搖著蒲扇，昂了下眉頭笑道：「來看妳啊！」
蘇荏愣然，臉頰一紅，嗔怪地瞪了他一眼，繼續垂頭去看醫書。
「別看了。」譚椿將蒲扇壓在書頁上。「我沒有輕薄之意，我的確是替家父來看望李伯的，順便也看看妳這一年多醫術學得如何，家父還時常提到妳呢！」
蘇荏臉色這才稍稍和緩些許，朝後院看了一眼。「外翁在午睡呢！他年歲大了，前些天有些勞累，我不想打擾他休息。」
「那是自然。」譚椿搖著扇子笑道。「我是那麼不懂禮數的晚輩嗎？」

蘇荏笑著又問：「譚大夫為何會提到我？」

「當然覺得妳是學醫的好苗子了。」他說完，一聲長嘆，帶著幾分羨慕和醋意，不陰不陽的感慨著。「自從家父見了妳之後，沒少數落我。」

蘇荏不解。

譚椿解釋道：「家父說，若是我能拿出妳三成學醫的勁頭，也不會學了十幾年還是這般水準，雖能坐堂接診，也只堪應付平常的小病小痛，沒個大成就，還教訓我說去考太醫司都考不上。」

「太醫司？」

蘇荏從未聽說過這個地方，但是聽名字猜測應該和太醫有關，不由得來了興致。

「就是大魏醫學學司，類似於讀書人的國子監。」他見蘇荏微微擰眉，以為蘇荏還是沒明白，就打了個比方。「就像咱們恭縣的縣學。」

蘇荏垂眸凝思。

她知道國子監是什麼地方，太醫司就是大魏最高、最好的醫學學府，裡面必然聚集大魏最負盛名的醫學大家，和來自各州縣的優秀學子，而且所有的科目、醫書、設備肯定都是最齊全的，在那裡學一年肯定比她跟著外翁學十年還收穫良多。

今生她已決定要依靠醫術安身立命、護佑親人，她必須學到最好，才能應對更多的未知，因此不由得對太醫司生出幾分嚮往。

譚椿看出她的心思，打趣道：「我都不見得能夠考入太醫司，妳呀，差得就更遠了。而且太醫司每年只招收三十到五十名學子，考題是一年比一年難，所以家父才會那般訓斥我。」

一盆冷水潑來，蘇荏心頭有些許的失落。

雖然自己跟隨外翁學醫兩年，也讀了不少的醫書，草藥、針灸、瘡腫、五官等都有涉及，但總歸是淺顯而且零散，可能在太醫司的師生眼中，她還不算真正的入門入行。

正如譚椿所言，她想考入太醫司根本是癡人說夢。

這時李長河醒了，從後院走來，瞧見譚椿有些吃驚。

譚椿立即上前施禮問好並說明來意，不為別的，就是替父親來探望他。

譚大夫自從那日與李長河長談一番後，對這個老友很是惦念，但一直沒有機會過來探望。這幾日身體不舒服，忽而想到李長河年歲比他更大些，怕也有什麼不適，所以讓譚椿過來看看。

李長河完全沒想到譚大夫有此心，這般掛念他這個說來只有一面之交的友人，一時動容，眼中略有濕意。

譚椿和李長河在後堂聊了許久，蘇荏在藥堂內和李錘忙著賣藥的生意。

一直到前堂來了病人要看病，後堂兩人才結束了敘談。

李長河在一旁給病人醫診，譚椿走到小桌前看著蘇荏調製膏藥，看了一會兒開口道：「大姪女，妳這藥是治療關節、腰椎寒濕痠痛的吧？」

「嗯！嗯？」蘇荏驚訝地瞪著他。

剛剛她沒有聽錯吧？

他叫她大姪女？

「譚公子，你別信口亂喊人。」

「沒啊！」他一副無辜的神情，手中的蒲扇卻搖得更帶勁。「妳外翁和我爹是老友稱兄道弟，論輩分，妳是不是該喊我一聲小叔父？」說完，得意地洋洋大笑。

蘇荏看了眼自己的外翁後，辯解道：「外翁與令尊相交那是長輩的交情，怎麼就成你佔我便宜的本錢了？你才比我大幾歲！」

譚椿一聽，也不樂意，坐直了身子和她瞎扯起來。「長輩相交，後輩自然也要敘輩分，我就是比妳長一輩，就算我比妳小，我也是妳小叔父，妳也是我大姪女。而且妳不是也喊我爹叫阿翁嗎？這還有什麼好爭辯的？」

「我……」

怎麼覺得自己虧了？但是對方說得有理有據，她真沒什麼好辯駁的。

她還是心中不痛快，白了眼面前只比自己大幾歲的譚椿，垂頭繼續調藥不搭理。

譚椿見她不再反駁，嘿嘿笑道：「以後見面就要喊我一聲小叔父了。」

蘇荏充耳不聞，心想反正以後也見不到幾次面，他說什麼就什麼吧，讓他得意去，自己也沒太大損失。

譚椿偏偏看出了她的心思，繼續笑哈哈地道：「還有個好消息。」

蘇荏悶不吭聲，裝作未聞。

誰知他又想怎麼捉弄她呢！

「李伯伯答應秋收後，讓妳入城隨我爹學醫。」

她心頭一凜，抬頭看他。

譚椿得意滿滿地笑著點頭，似乎事情已經下了定論。

蘇荏不可置信地看了眼還在接診的外翁。

這種事情外翁不可能不和她商量、不詢問她的意思就直接答應的。

「不信？還是不願？」

蘇荏愣了片刻，乍一聽，她的確不信，因為外翁一向都尊重她的想法，不會替她作任何決定，無論是好是壞都會提前和她說一聲。但是看到外翁慈眉善目的笑意，她信了。

外翁就是因為太瞭解她，所以知道她的喜好、知道她的心思和志向。

去年在縣城，她不就曾和外翁開玩笑說過，待將外翁的本事都學會了，就去求譚大夫收自己為徒，把譚家的醫術也學了嗎？

外翁是將她說的話記在心上了，所以聽聞此事，即便沒先和她商量，也清楚她會答應，而且肯定很樂意。

父母生她養她，可真正懂她的人卻是外翁。

她再看譚椿，心中剛剛的一點慪氣也漸漸消了，轉了轉心思，對他理直氣壯地道：「我隨令尊學醫，那就是令尊的弟子，按輩分論起來，你最多就做我師兄罷了。」

譚椿聽完，有些懊惱地拍了下自己的腦袋，怎麼就把這事給忘了，本來還想佔個小便宜，現在是打水漂了。

蘇荏瞧他模樣，不由得樂了，但更讓她開心的，還是能夠隨譚大夫學醫。

外翁常年給莊稼人醫病，所以比較擅長瘡腫、接骨這方面的醫術，對於經脈、腧穴、體療方面並不擅長。從去年譚大夫點撥外翁給江未歇醫病，可看出譚大夫擅長這一塊。

她心中隱隱生出幾分期待。

第二十三章

中秋前，蘇荏收到了江未歇託信客送來的一封信，是報平安的。他已經抵達了安州，又說那道詩題他琢磨了一路，寫了好幾首，並在信上附上他認為寫得最好的一首。

蘇荏未曾讀過什麼經史子集類的書，將詩詞反反覆覆吟誦了許多遍，才明白其中的深意，借景言志，此次院試要再奪一個案首而回。

秋收後，譚大夫給李長河來信，再次提到想要蘇荏入城、收她為弟子的事情。

蘇荏和蘇父、蘇母商量此事，他們沒有反對，但難免有些擔心，畢竟女兒一個人出門在外，城中沒有可照應的親朋好友，與譚家也不算多麼熟絡。

蘇荏一一開解，李長河也幫著她說話，蘇父、蘇母最後才放心她去。

在此其間，方臘梅生了，是個大胖小子，蘇二嬸樂得抱在懷裡、疼得跟心肝一樣。

蘇荏去二叔家看望這個小姪子，當然她的目的不僅僅是看孩子。

方臘梅由於孩子太大難產，熬了一夜受了不少的罪，才將孩子平安生下來，自己卻差點送了命。如今剛分娩完幾日，身體還很虛弱，連路都不能走，需要人攙扶才能勉強慢慢挪動。

加之秋日天氣漸涼也怕凍著身子，幾乎都是躺在床上養著。

蘇二嬸罵她嬌氣，別人生了孩子第二天都能到處走了，她生完孩子三、五天了還不沾地；又說自己當年生幾個孩子都是大個頭，也沒見著這樣躺在床上，讓別人伺候著。就連方臘梅給孩子餵奶，她也看著這不行、那不行，在一旁指指點點。

方臘梅身子還痛著，每日被孩子折騰得更是日夜睡不著，被婆婆這樣數落，自己有氣也發不出來，只是一個勁兒哭。一哭就更沒奶餵孩子，蘇二嬸罵得就更厲害。

蘇蓬雖然幫著方臘梅說話，但他也不懂照顧媳婦、孩子要注意什麼這種事情，還是要靠著自己娘親，只能勸著方臘梅順著點。

方臘梅強勢的性子，哪裡忍受得了天天這般。

自己辛辛苦苦命都快沒了，為他們家生了個大胖孫子，怎麼說都是功勞一件，哪曉得沒得到啥好處，還反倒招罪不少，天下哪有這樣道理。

她越想越覺得委屈，心裡越是怨恨。

蘇荏進西偏屋見到方臘梅的時候，她剛餵過孩子，準備抱著孩子睡一會兒，蘇二嬸卻上去將孩子抱走哄睡，方臘梅自然不捨，兩人爭辯起來。

蘇荏笑著走上前勸蘇二嬸。「都說母子連心，孩子在娘懷裡才睡得安穩。」

蘇二嬸輕輕拍著懷中襁褓裡的孫子，冷哼一聲，語氣責怪道：「她根本什麼都不懂，哪裡會照顧孩子？孩子到她手裡就哭個不停。再說我抱走孩子，她不也能睡得踏實？」

方臘梅委屈地怒道：「孩子為啥哭？他未曾想睡，妳就在一旁咋咋呼呼說這兒、指那兒，孩子睡不著能不哭嗎？哪有剛出生幾天的孩子就抱走不給娘的？兒子我生的，我比妳疼他，我就是白天黑夜不睡，我也能抱著哄著。」

方臘梅說著就哭了起來，此時孩子也跟著哇哇大哭。

「妳瞧瞧，剛睡著又被妳給吵醒了。」蘇二嬸說完，轉而去拍著孫子輕哄。「你娘潑辣，嚇哭娃娃了，阿婆抱你出去睡啊！」

說著人已經出了西偏屋的門。

方臘梅怒吼了句。「那是我兒子！」

見蘇二嬸不回來也不理她，她忽然放聲大哭起來。

蘇荏走到床頭去勸，她抓著蘇荏的手哭得更加傷心。

「我怎麼命這麼苦，攤上了這個婆母呢！」

蘇荏幫她拉了拉被子，勸哄了好一陣子，方臘梅才止住哭。

蘇荏去灶房端了碗熱湯給她。「孩子妳別擔心，那是二嬸的大孫子，她肯定細心照拂的，妳別為這事慪氣，妳現在坐月子呢，可不能氣也不能哭，若是落下病來可不是小事。」

「可我怎麼辦？孩子生出來這麼些天了，我除了餵他的時候抱一會兒，我都再沒抱過。」方臘梅說著，眼淚又流了出來。「荏妹子妳是姑娘家，妳沒做過娘，妳不懂。」

蘇荏被這話刺中了心，沈默了好一會兒。

她曾經有過三個孩子，她怎麼會不懂做娘的心？

只是她前世沒遇過這樣的情況罷了。因為前世她生的都是女兒，段家根本不待見，段母就在孩子出生的時候看一眼，抱都沒有抱過，更別說是照顧她了。

整個月子裡，洗衣、做飯、餵孩子所有的事情，都是她一個人在做，還每日受著段母的挑剔責辱，罵她肚子沒用、生不出兒子，讓她大兒子絕後。

後來段家因著段明達富裕些，段母就張羅著要給大兒子納妾。

其實對比前世的段母，蘇二嬸已經算是好的了。至少口中罵兒媳婦，不讓兒媳婦抱孩子，但該伺候的吃喝漿洗一樣沒少。

蘇荏接過方臘梅喝完的湯碗後道：「這點二嬸的確做得有些不對。現在秋收過了，也沒有什麼可忙的，而且妳娘家的弟弟也沒成親，親娘也清閒著，倒不如讓她藉口探望妳過來照顧些天，二嬸怎麼樣也不敢在親家母面前蠻橫。等熬出了月子也就好了。」

方臘梅沈思了好一會兒，她娘素來疼她，讓她過來照顧她坐月子肯定是願意的，而且有自己娘家人在，婆家想必也不敢再這麼對她。

蘇荏見她略有動搖，又說了幾句危言聳聽的話，方臘梅有些怕了才下定決心。

當天晚上，她就對蘇蓬一哭、二鬧、三上吊的逼迫，第二天蘇蓬就去了她娘家，將她親娘接了過來。

方母不是強勢的性子，但是很疼這個女兒。當初她嫁到方家好些年沒有孩子，人人都說她不能生，在方家也受盡白眼，所以方臘梅的出生，也算是給她爭了口氣。因為好不容易得來一個孩子，即便是女兒也相當疼愛。

當初之所以願意將女兒嫁過來，就是因為親上加親，蘇蓬又是個軟性子，女兒嫁過來不會受罪。

當方母過來看到哭得滿臉淚的女兒，聽到女兒的訴苦，再不強勢的人也和蘇二嬸槓上了，最後鬧得雞犬不寧。

沒到半個月，方家父母一怒之下，將女兒連帶外孫都給接回娘家坐月子。

蘇蓬捨不得媳婦孩子，也跟著去了岳丈、岳母家。

這在附近幾個村，還是頭一回有兒媳婦被欺負，竟帶孩子回娘家坐月子的，而且連兒子都跟去了。

村人背後對蘇二嬸指指點點，說她這個婆婆尖酸刻薄，兒媳生了大胖孫子還這麼逼迫，以後誰還敢將閨女嫁給她家蘇藤。

蘇母雖然覺得蘇二嬸有些咎由自取，但畢竟是一家人，還是好心去勸蘇二嬸，無論怎樣也要把兒媳婦、孫子接回來。

蘇二嬸想了兩天，最後覥著老臉去方村接人。

方家卻不願意放。

蘇二嬸連跑了幾次，最後拉著蘇二叔一起，好說歹說才將兒媳婦和孫子接回來，也不敢像之前那般趾高氣揚。

方臘梅卻不將她放在眼裡，能不讓蘇二嬸看孩子就不讓她看。

蘇荏算好日子，收拾好東西，辭別了蘇父、蘇母、弟妹，又到了鎮上藥鋪和李長河話別後，坐著尤管事的馬車去了縣城。

馬車跑起來比牛、驢快得多，清早出發，幾十里路，晌午的時候就到了。

剛進縣城門口，就從街道旁竄出個人來，驚得馬兒嘶鳴一聲。

馬車顛簸幾下，蘇荏身子不穩，撞在車壁上。

她不知外面情況，忙掀起車窗簾子朝外看，又見到一張眼熟的笑臉出現在面前，嚇得她輕叫一聲，身子慌忙朝後一撤，將車簾拉上。

車窗外傳來譚椿得意的大笑。

「妳怎麼還會被嚇到？膽子可真小！」

馬車一沈一顛，譚椿掀起車簾進來，沒有到她身邊的長凳上坐，而是就著門邊的車板坐下，斜靠在一旁的車壁上。手中拿著一個肘子，啃得滿嘴滿手都是油汁。

蘇荏無奈苦笑。

譚家雖然不是世家大族，但好歹在恭縣還是有名望的大戶人家，家裡也是做官的，其他不說，至少講究儀容儀態，怎麼譚椿完全不當回事？

一個年逾弱冠的人了，還像個幾歲的孩童一樣吃相這般難看。

「怎麼？嫌棄？」他不滿地反問她。

蘇荏笑了笑。「你這樣譚大夫不會訓斥嗎？」

即便是孩童弄成這樣，父母也會管教吧？

「妳不說，尤管事不說，我爹怎麼會知道？難道妳還會告我狀不成？」

說完，他快速將一截肘子啃完，骨頭隨手朝車簾外一扔。

蘇荏心裡頭嘆了一聲。

這哪裡是有名望的大戶人家公子？完全就是一個粗魯的山野村夫！

馬車穿過熱鬧的街市，晃晃悠悠地到了富康醫館門前。

譚椿已經擦掉嘴角和手上的油汁，並從腰間小錦袋中取出一顆拇指甲大小的綠色丸子塞到嘴裡，嚼了幾下後嚥下去，正準備掀開簾子出去，瞧見蘇荏一臉好奇地盯著他看。

他遲疑了下，又取出相同的綠色丸子遞給她笑道：「要不要嚐嚐，我用銀丹草和幾種茶葉自己做的。」

蘇荏看了眼丸子，伸手接過嗅了嗅，果然清新芳香，放在口中嚼了嚼，味道很怪，苦澀中有些許的甜意和清涼，還有些醒腦提神的作用。

「你每次都這麼騙過譚大夫的？」

譚椿挑眉笑了下，掀開簾子鑽了出去，回身幫她打簾子。

蘇荏剛跳下馬車，就對上了一雙含怒的眸子，一位身著綠色長裙的姑娘站在譚椿身後瞪著她。

蘇荏認得這位姑娘，正是去年在飯館中追著譚椿的人。

於是，她朝姑娘微微點頭一笑。

姑娘噘著小嘴輕哼一聲，別過目光，並一把挽著譚椿的手臂嬌笑。

「表哥，舅舅在等你們呢！」

蘇荏低頭微笑。

看來眼前的姑娘喜歡譚椿，剛剛在吃醋。

譚椿被挽著手臂，絲毫不躲也不覺得尷尬，明顯對眼前的姑娘也心生喜歡。

幾人進了醫館後院，後堂中譚大夫和一位年近五旬的老爺不知正在說什麼，發出暢快的笑聲。

蘇荏看那老爺，五官與譚大夫有六、七分像，也猜出此人的身分。

譚椿歪頭對她輕聲道：「另一位是我四叔，他醫術不咋地，但是很有經商的頭腦，所以管著譚家的藥材生意。尤管事以前就是四叔的人，後來因為犯了點錯，被四叔安排到你們三山鎮管藥鋪去了。」

蘇荏好奇地看了他一眼，不知他為何與她說這些。

旁邊的姑娘蔣蘭見譚椿和她湊得這麼近，很不高興地撞了譚椿一下。

譚椿回過頭對蔣蘭咧嘴笑了笑。

幾人進了後堂，譚大夫笑呵呵地捋了捋鬍子道：「蘇丫頭長大變了不少。」

蘇荏上前一步，對二人福禮問安。

譚大夫讚許地點頭。「好好，妳能來就好。」

然後詢問起李長河現在的身體狀況，對蘇荏也關心地問長問短，疼如幼女，讓蘇荏都有些不知所措。

去年譚大夫便看出蘇荏在學醫上有天分，有收她為女弟子的打算，但是他與李長河是初識，沒好意思開口。後來四老爺和他商量，為三山鎮的藥鋪安排大夫的事情，他首先想到的人便是李長河。

他與李長河一見如故，也肯定他的醫術，加之平常通過尤管事傳話遞信，關係慢慢親近起來。如今蘇荏年紀也不小了，姑娘家總是要嫁人的，嫁過人就是婆家說了算，他這才迫不及待讓譚椿去一趟三山鎮，又接連寫了兩封信把人給請來。

得知蘇荏答應要來之後，他提前讓人翻了黃曆，三日後是個好日子，正式收蘇荏為徒。

在後堂內與譚大夫說了許久的話，蘇荏有些餓了，但是自己初來乍到，又是在長輩面前，不好意思開口，只能忍著。

譚椿朝她看去，似乎看透她的心思一般，笑道：「爹，你就是再高興，有再多的話要說，也要先吃飯吧？」

他指了指一旁的沙漏難為情地道：「都過飯點了，兒子都餓了，而且蘇妹妹趕了半天的路呢！」

譚大夫被兒子這麼一說，發現自己真的是高興過頭了，竟然把午飯的事情給忘了，忙叫人準備，他和四老爺帶著三個晚輩一起用飯。

蘇荏第一次來就被叫著一起用飯，有些拘謹。

譚椿在席桌間時不時替她搭腔，讓她稍稍放鬆了些，但是這也惹得蔣蘭更加不高興。

午膳後，譚大夫讓蔣蘭帶著她，先去看看自己的房間需要置備什麼。

蔣蘭不情不願地領著她去了西側二樓的一間廂房。

房間不大，裡面只有簡單的幾件半新家具，但打掃得很乾淨，和家裡她住的東偏房相比已經算極好的，寬敞明亮。

她從家裡帶來一口裝著衣服和零用物件的箱子，已被人搬到這裡。

蔣蘭站在門前不進房，陰陽怪氣地道：「沒想到二舅舅這麼喜歡妳，他以前收過那麼多的弟子，從沒瞧見對妳這樣好的，不知情的人還以為他要娶兒媳婦呢！」

她醋意大發，冷哼一聲，白了蘇荏一眼。

「妳也別太得意，二舅舅平日待人溫和，但對弟子向來嚴厲，挨罵、挨罰多得是。對妳特殊了點，只不過因為妳剛來又是個姑娘，過些日子可就沒有這麼好的待遇了。妳既然是來當學徒的，最好把所有心思都放在學醫上。還有啊……」

「我都知道。」蘇荏溫柔地笑著，打斷她的話。

蔣蘭不滿地瞪著她。

「妳知道什麼？」

蘇荏依舊笑容溫暖。

「多謝妳提醒。妳放心好了，我知道自己出身村野，譚大夫不嫌我愚笨，願意收我為弟子、教我醫術，對我有大恩，我自不會辜負譚大夫。我所想所念的是學醫有成、安身立命，沒有心思去想其他任何與此無關之事。如今我剛來，什麼都不知，四公子作為師兄會提點我一些。以後我不懂的會多問問其他師兄們，不會再麻煩四公子的。」

蔣蘭愣了愣。

自己的心思就這麼明顯嗎？全都被面前人說中了，不僅如此，對方還話中有話回應此事。

「我……」

蔣蘭想說自己不是那個意思，可明明就是那個意思，一時語塞不知道接什麼話。

「我要收拾一番，待會兒還要熟悉一下醫館呢，多謝表姑娘送我過來。」

蔣蘭支吾的「哦」了聲，然後一臉懵然下樓去。

蘇荏笑著鬆了口氣。

對於譚家來說自己是外人，她可不想這位表姑娘對自己有誤解，明著暗著給自己使絆子。

她也清楚蔣蘭的醋意不是剛剛三言兩語能夠消除，後面必然還會找她麻煩，只盼著蔣蘭不要太過分。

富康醫館前後分為三進院，最前面的是醫堂，也就是接診病人抓藥的地方；中間是接待傷重病人和親屬，以及煎藥熬藥的地方；後院則是居住之所。

後院一樓是灶房和夥計、學徒居住，二樓是譚大夫等人的臥房和其他用處的房間。蘇荏因著是姑娘，特別安排在二樓。

將醫館熟悉之後，她便到藥堂看有什麼需要幫忙的地方。

剛走進藥堂，見到了譚椿正在和一位身著粉色裙裳的姑娘說話。

姑娘眉眼嬌俏，笑起來眼睛瞇成一彎新月，圓嘟嘟的臉蛋甚是可愛。

而在一旁的蔣蘭竟然絲毫沒有醋意，甚至也跟著說笑。

姑娘瞧見她，立即笑嘻嘻跑了過來。「妳就是蘇荏吧？」

蘇荏有些迷惑，點了點頭。

「二伯父誇讚過妳好幾次，聽說妳今日會過來，我特意跑來看看被二伯父那般誇讚的姑娘到底是什麼模樣。」

見蘇荏詫異，譚椿介紹道：「我七妹，四叔的小女兒譚惜，與妳同齡。」又湊到她耳邊低聲道。「聽我爹說醫，半盞茶工夫就能睡著，常常挨我爹教訓，聽說妳一個姑娘喜歡醫術，她好奇就跑來看看妳了。」

蘇荏看了眼譚椿，覺得詫異，他這是什麼嗜好？

今日聽到他揭第三個人的短了。

除了長輩、老管事的壞話，連未出閣小妹的也不放過，而且是說給她這個不熟的外人聽。

「四哥你是不是又說我壞話？」譚惜推了譚椿一把，不滿地質問。

「哪有？」譚椿一臉無辜。

譚惜冷哼一聲，然後詢問蘇荏。「我四哥說了什麼？是不是又說我懶了？」

蘇荏搖頭笑了笑。「沒有，四公子是誇妳聰明伶俐。」

譚惜瞅了眼譚椿，撇了撇嘴。

「我可不信他會誇我，指不定是說我什麼壞話，但是妳可別信，我肯定不是他說的那樣。」

蘇荏被譚惜可愛的模樣逗笑了。

譚惜一把拉著她到藥堂另一邊的長椅坐下，滿懷好奇地問：「妳怎麼會喜歡醫術呢？以後當大夫每天都要看鮮血淋淋的傷口、膿包爛瘡，聞著血腥惡臭，妳不害怕嗎？

不會作嘔嗎？」

經她這麼一說，蘇荏還真的腹中翻騰。她當初決定學醫的時候，外翁也有和她說過這些，甚至說得比這更加嚴重。但兩年多來，雖然見過許多病人，卻都是普通的病痛，尚未遇到對方說的這種病人。

她不知道自己真的瞧見了會不會作嘔，但是她肯定不怕，再血腥的畫面前世在自己的身上都看過，還怕別人的嗎？

蘇荏淡笑道：「喜歡就不怕了，而且很多女人有些隱疾，還是需要女大夫醫治才方便。」

「妳說得有道理，但是……」譚惜腦海中想像那種滿身爛瘡、流膿、淌血的病人，把自己嚇得渾身一哆嗦。「可怕！」

一個夥計走過來，原來是譚大夫吩咐，讓她到對面屏風後先聽學。

譚椿忙問：「沒叫我？」

夥計朝他翻了個白眼。

「四公子，二老爺可能是放棄你了。」

「渾小子！」譚椿抓起手邊一本書便扔了過去。

夥計立即伸手接住，理了理書卷放在一旁的長椅上。

「四公子，你自個兒琢磨我說的是不是吧！」說完怕譚椿又要打他，忙慌地跑開。

屏風後的譚大夫正在接診一位病人，蘇荏走過去在旁邊靜靜聽、靜靜看，順便幫著磨墨、倒茶送水。

待天黑送走最後一位病人後，譚大夫便詢問她聽著小半日都學了什麼。

蘇荏思忖了片刻，羅列好幾條一一說出。

譚大夫滿意地點了點頭，並給了她幾本醫書，讓她先仔細地看一看。

他也不給她講解，別的也不教她，只是讓她每日在他接診的時候一旁聽學，晚上考她幾個問題。

蘇荏雖然答得有疏漏，但大致都沒什麼問題。

一直到拜師後，譚大夫依舊如此。

蘇荏不知道譚大夫的深意，但也覺得自己的確是受益不少。

第二十四章

轉眼來富康醫館已經月餘，蘇荏有些想外翁、父母和弟妹他們。前幾天尤管事進城的時候，她託尤管事給家裡送了封信，還帶了些東西回去，但是沒能見到家人的面，心裡總是掛念。

躺在床上翻來覆去睡不著，索性就拿起醫書對著油燈看了起來，無意間翻到一種草藥「菋皺」，腦海中不由得想到了那個單薄的少年。

按照日子推算起來，院試早已結束也發榜了，若是不在安州滯留遊玩，應該回來了吧？

不知道他考得怎麼樣？

寄給她的那首詩寫得意氣風發，考得真的如願嗎？

當他考試見到詩題的時候會不會驚訝、會不會多做猜想？

他那麼聰明的人肯定是會懷疑她，但怎麼也懷疑不到她是重生吧？

說來也該謝謝前世的段明達。她家破人亡後，塞外生死未知的大哥便是她唯一的記掛，若非段明達提及院試詩題是描寫塞外風光，她還不會記得那麼清楚。

醒時有所思，寐時有所夢。

當晚蘇荏就夢見了江未歇，夢見他站在藥鋪的門檻處對著她笑，笑容像一陣春風、一縷暖陽。

當夜是她來富康醫館後，睡得最香甜的一晚。

次日午後，蘇荏在前堂跟著譚大夫聽學。接診完前一個病人，她正想對著屏風外喊下一位時，一人走了進來。

素衣長衫，清瘦的骨架，白皙的面龐上浮著淡淡紅暈，一雙溫柔的目光正看著她，嘴角掛著溫潤的笑。

蘇荏錯愕地愣了神。

譚大夫抬頭瞧見來人，認出是去年同蘇荏一起來醫館的那個病弱少年，今日瞧去已然沒有當初的虛弱模樣。

譚大夫的餘光瞥向蘇荏，已經看出端倪，慈祥地笑問：「小郎是來醫病，還是來訪友？」

江未歇這才轉回目光欠身，略帶幾分緊張不安地答：「醫病。」

他邁步到診桌邊坐下，將手腕搭在脈枕上。

蘇荏聽江未歇的呼吸，再看他氣色和剛剛沈穩的步伐，可以斷定他身體並無什麼異樣，舊疾也未發作。

譚大夫看得比她更多，不僅少年的身體，連心思也看出來了，他沒有號脈而是慈祥地笑問：「小郎是哪裡不舒服？」

江未歇停滯須臾，低垂眉眼，似乎在沈思，聲音低緩道：「晚輩最近心緒不寧，夜難安寢，總是作著相同的夢，夢見同一個人。夢中可訴千言萬語，當醒來卻難開口一字。大夫……我這是什麼病？」

譚大夫捋著山羊鬚，呵呵地笑了。

蘇荏看著面前的少年，心跳得厲害。江未歇對她有意，她早已看出來。

少女情竇初開，少男情思萌動，這種年紀喜歡一個人再正常不過了，待稍稍成熟些便會淡忘，畢竟男婚女嫁，不是靠最初那點喜歡來決定結髮之人是誰。所以她知道江未歇的心思，卻沒有太放在心上。

沒想到此刻江未歇竟然用這樣的方式吐露出來。

忽然屏風外探進一張大大的笑臉，掛著深深的酒窩。

「江小郎，你這是相思病，我爹可醫不好。」

被人一語道破，江未歇雙頰緋紅一片，羞澀一笑，微微朝蘇荏望去。

蘇荏被他看得臉頰微熱，心跳得更厲害。

她強裝鎮定地取過譚大夫手邊已經涼了的茶盞，準備出去換盞新的。

譚椿兩步跨到跟前，從她手中將托盤奪過去，對她低聲耳語。「妳別說妳沒看出江小郎是專程看妳的，也別說妳沒聽懂江小郎的意思。」

蘇荏臉頰更熱，瞪了他一眼。

譚椿得意地哈哈笑了幾聲，然後對江未歇道：「你的病蘇妹子能夠醫好，你就別耽誤後面病人醫治了。」朝他歪頭示意。

江未歇尷尬一笑，歉意地對譚大夫欠身一禮，繞過屏風。

跟著蘇荏來到後院桂花樹前，他看著面前的小姑娘，支吾了兩聲說不出話來，更加緊張拘謹。

他有點佩服剛剛的自己，把那些憋在心裡那麼久的話說出來，現在他竟然沒有絲毫開口的勇氣。

蘇荏靜靜地看他一會兒，也平靜了心中的波瀾，當作剛剛什麼都沒發生，笑問：「什麼時候回來的？一切可都順利？」

江未歇微微張了口，卻沒有發出聲來。

他已經回來兩天了，回來的第一時間就去鎮上的富康藥鋪看她，才聽說她已經進城一個多月了。後來寫給她的兩封信，都留在藥鋪，她一封都沒看。

他在信中跟她說了安州的見聞，說了院考的詩題，甚至說了對她的思念，而她全然不知。

當在藥鋪看到那兩封封口完好的信，他的心跌入低谷，本以為這次再相見，彼此關係會有所不同。他滿懷期待，一顆沸騰的心，在那一瞬間，好似被一盆冰水潑下，寒徹全身。

冷靜了兩天，他終究是沒能忍住想見她的衝動，決定來看她。

「怎麼不說話？」蘇荏帶著焦急。

剛剛說的話不是挺多的嗎？

「是院試不順利？」她又關心地問。

覺得他院試應該不會有太大問題。

江未歇搖搖頭，心中有些淒涼，她竟然和其他人一樣，見面就問他考得如何，卻沒有關心其他。

在前堂自己說的那些話，她好似根本沒有放在心上。

「荏妹妹，我……」

蘇荏凝視他，等他繼續說下去。

江未歇沈吟了一會兒才低聲道：「多謝妳。」

蘇荏知道是因為院試詩題，卻只能裝糊塗地道：「謝我什麼？」

不等他回答，她又岔開話題。「聽尤管事說你寫了兩封信給我，前幾天他進城本是要帶給我，但是走的時候疏忽了。信中寫了什麼？是不是安州有趣的風土民情？反正我暫時也看不到信，不如說給我聽吧！」

話音剛落，江未歇便從懷中掏出那兩封信，遞到她面前。

蘇荏稍稍愣了，疑惑地看了他一眼，有些哭笑不得，伸手接了過來。

兩封信都很厚，她想，肯定是寫了許多有趣的事情，於是在桂花樹前的石凳上，坐下拆開。

江未歇陪坐在她身邊，見她認真細看，被信中有趣的內容逗得嘴角一直掛著淡淡的笑。

當拆看第二封的時候，她嘴角的笑意卻慢慢消失了，眉間生出一絲憂鬱。

江未歇的心情跟著更加沈重。

第二封信，他只是簡單地說了一些趣事和院試的情況，其他都是對她的思念。

那些是他當面沒有勇氣說出口的話，如今都化成了筆墨，可她對此露出不喜。

第二封信看得明顯比第一封快，幾乎是草草看完。

蘇荏對著信沈默了許久，凝聲道：「謝謝你這麼記掛我。」

她將信摺好放回信封，笑道：「恭賀你又奪得了院試案首，算是拿下小三元了，這可不是一般人能辦到的。」

把信遞還給江未歇，她半認真、半開玩笑地道：「能夠拿下小三元，只要不鬆懈，接下來的鄉試、會試也都會順利，登科及第就是幾年的時間而已。將來走上仕途、升官加爵、光宗耀祖，別忘了我這個鄉親就好了。」

江未歇吞了吞口水，將他要說的所有話都嚥了下去，只是凝視面前的人。

她是聰明人，他在信中寫的是什麼意思，難道她真的不懂嗎？

還要他說得多直白？

可他心中也清楚，這一切怪不得蘇荏，是前世他們江家對不起她，對不起蘇家。她可以救他，可以照顧他，甚至洩題來助他，無論是出於醫者善心，還是出於想壓制段明達和對付段家，但終究不是因為情義。

他們之間永遠橫著前世的怨。

「對不起！」他低聲道。

蘇荏只當他是因為信中的內容冒失道歉，沒深想。

午後的陽光溫暖，但兩人之間的氣氛卻凝滯清冷。

沈默了片刻，江未歇將信又還給了蘇荏，苦笑了下。

「這信本是寫給妳的。」他朝前堂的方向看了看，起身。「我不耽誤妳學醫了，我先回去了。」

蘇荏遲疑了下，起身準備說什麼，江未歇已經轉身離開。

她低頭愣愣地看著手中的兩封信，信封上她的名字雋永秀美，看得出寫字人的認真專注。

「我下個月入縣學讀書。」

忽而傳來江未歇的聲音。

她抬眸望去，他正立在穿堂門前，對著她微微一笑，再次轉身離開。

縣學？

蘇荏低吟了一遍。

大魏因為連年征戰，所以朝廷有尚武輕文之風，雖然各地方都設有府學、州學、縣學，但士子們只是掛名而已，學府根本不教授什麼知識，反而不如一些民間私設的書院。

前世段明達就是為此，在取得秀才功名後才沒有留在縣學，而是到外地求學。

江秀才是老秀才了，定然知道，怎麼還會應允自己孫兒去縣學讀書？

這不是要毀了他前程嗎？

蘇荏甚至多想一步。

莫不是因為她？

縣學在城北，距離醫館步行也不過大半個時辰。若真的為此，她會覺得江未歇太不明智了。

譚椿過來瞧見她拿著信發呆，湊到跟前，朝信瞥了眼，賊兮兮地笑問：「情書吶？」

蘇荏回過神未搭話，而是轉身朝自己樓上房間去。

譚椿在她身後略略提高些音量。「蘇妹子，那江小郎與妳郎才女貌、挺登對的，而且妳也到了出嫁的年紀，不如就考慮考慮，我還想早點喝喜酒呢！」

蘇荏回頭對他道：「還是先考慮你自己吧，我也等著喝你的喜酒呢！」

次月，江未歇便到恭縣縣學報到。

他是拿下小三元的秀才，這在恭縣近百年來才出一個。

他這種學子竟然入住縣學，要在這裡安心讀書？

當天他就成為縣學的焦點，沒兩天此事就在全縣讀書人中傳開了。

有的說江小秀才鄉巴佬，不懂縣學就是個擺設；有的說他可能是來博名聲，畢竟知縣和一些老學究讚譽過；有的說縣學平常冷清，適合讀書，偶爾不懂還能請教教諭。

即使眾說紛紜，段明達心中想的卻與所有人不同。

此次院試回來，他聽說蘇荏進城學醫，江未歇八、九成是為了那個小姑娘。

「我爹聽說小三元去縣學讀書，非讓我也搬去，說是沾沾福氣。」段明達的同窗號子不屑冷笑。「我看是沾染病氣。」

「小三元」是號子和幾個同窗對江未歇的戲稱。當得知被人看好的段明達，院試再一次以一個名次輸給那個病秧子，他們就更加替段明達惋惜，不自覺地對江未歇產生一些敵意，便帶著嘲諷地起了這麼個綽號。

幾個同窗跟著哈哈笑了起來。

段明達卻不鹹不淡地道了句。「他病好了！」

幾個同窗好奇地看著他，見他臉色不好，知道他多少心裡不服氣。

任誰三場考試都以一個名次之差輸給同一個人，心裡都會有不甘，而且那個人還是素來不曾聞名的病秧子。

段明達的確不甘心，第二名和案首雖然只相差一個名次，實際上卻是天差地別。

第二名和最後一名有什麼區別？同樣不會被人知道提及。

如果沒有江未歇，童生試三場的案首都是他，小三元也是他。

可這些都因為江未歇，讓他與此無緣，心中怎能不生出幾分嫉妒？

「你們說小三元他是不是作弊了？」一微胖的少年忽然開口。

立即有同窗附和。「縣試的時候就看到他吐了好幾回，還差點暈了過去。這樣的身體平常怎麼可能讀書？就是讀了也記不住多少，怎麼可能拿下小三元？肯定是舞弊。」

「對對對，如果他這麼聰明，沒有理由之前我們沒聽說過他。段二郎和他是同鄉，竟然也沒有聽聞，這不奇怪嗎？」

幾個少年人七嘴八舌地議論起來，越說越覺得江未歇的小三元是作弊得來的。

段明達一直沈默。

江未歇有沒有作弊他不知道，但是他的確有才學。去年縣試後，在縣衙的晚宴上，那麼多的士子以學問刁難，都被他輕鬆應對化解。若他沒有真才實學，當時就已經露餡了。

「段二郎，聽說你要去安州明德書院，什麼時候出發？到時候我們哥兒幾個去送你。」號子說。

「不去了。」

「為什麼？」

眾人皆疑惑地看著他。

要知道明德書院是江源最好、最大的書院，裡面教授的先生也都是江源比較有聲望的老學究、文儒大家。

書院所收的學生不是世家子弟，就是官宦之子，普通的學子想進都進不去。若非段明達在院試得了第二名的成績，不可能有這樣的機會。

讀書人都說明德書院是「三年秀才，五年舉子，七年進士」，意思是指就算你是大字不識一個的庸才，只要進了明德書院讀書，三年保准能拿個秀才，五年得舉子，七年就能夠及第。

這話雖然有些誇張，但也恰恰說明明德書院的教學能力。

段明達能夠進明德書院，那就是一路順風順水的入仕。

眾人都相當羨慕，卻沒想到他竟然不去了？

段明達笑了笑，說：「留下來，你們不樂意？」

「真的因為我們而留下？」號子有幾分激動。

段明達笑著點了點頭。

「草率！」大眼的少年批評道。

段明達繼續道：「我也準備過幾日入縣學讀書。」

幾位少年均是吃驚。

放棄去安州明德書院，留在恭縣縣學？沒聽錯吧？

「段二郎，你沒病吧？」

「對啊，連先生都說縣學就是個擺設，你去那兒，不是自毀前程嗎？」

段明達微微搖了搖頭。「我已經拿定了主意。」

「先生知道了肯定勸你的。先生那麼看重你，才不會讓你這麼糊塗。」

段明達沒有辯駁。

他知道先生不僅會勸，恐怕還會有些失望吧！

然而，無論先生是何態度，他都不會改變主意。

江未歇就好似他面前的一堵高牆，有他在，他永遠都邁不過去、見不得光。去明德書院的確對他的學業有很大助益，可他總覺得這更像一種逃避，他自己也不知道為何會有這種感覺，但他不想逃避，他想與他正面相對。

還有那個蘇家的蘇荏，每次見到那個姑娘，他的腦海中總是閃現一些熟悉的瞬間，他抓不住也回憶不起來，但他覺得那是烙印在記憶深處的東西。

他想弄明白，想知道那被自己遺忘的東西到底是什麼，和那個姑娘之間又有什麼關聯。

如果他離開恭縣去了安州，那麼他可能這輩子都不會再有機會見到蘇荏，這個謎團會一直堵在他的胸口解不開，讓他一輩子心中都有疙瘩，心不安。

幾日後，段明達真的搬著行囊，住進了縣學堂。

縣學不大，每年只有這個時節有士子過來報到、掛名才顯得有些人氣，平時冷冷清清，根本看不到幾個人，連教諭等人也都是三、五天才露個面。

現在，因為連拿下小三元的江未歇和緊隨其後的段明達兩個秀才搬進來讀書，縣學一下子熱鬧起來，門庭若市。

縣學能夠提供給學子的住宿有限，也就十多間房，更是兩人一間。

往常這些房間都落了灰、結了蛛網，這幾天奇蹟般住滿了人。

段明達選擇和江未歇一間。

江未歇對於段明達的到來有些意外，在安州的時候他們同時被明德書院相請，他拿藉口婉拒了，但是段明達卻是猶豫的。

按理說那麼好的機會，段明達不應該拒絕。

他們兩人住一間，一時之間眾人便猜測紛紛，特別是與兩人均不相熟的人，更是琢磨：段明達這是向江未歇挑戰的吧？

他們也都等著看一場好戲。

因著縣學學子多了起來，教諭、訓導、囑託也都過來了，學館內原本陳舊或者停用的一應設施，也都用了起來。

每日清晨能聽到一些學子的朗朗讀書聲，散落在縣學的後院、迴廊、涼亭，甚至縣學北面的文廟。

半個月，相安無事。

一個月，還是相安無事。

那些等著看好戲的學子更加納悶了，就這樣還能和平相處？

細心的人發現他們兩人表面笑意溫潤，互相和和氣氣，但彼此的目光中卻沒有什麼暖意和真誠，便認為他們只是在憋著勁，總有憋不住要爆發的時候。

第二十五章

冬天說到就到，兩場大雪過後，也快過年了。

譚大夫沒有多留蘇荏，讓她自已挑著日子回村。

蘇荏在房間內將這幾日給外翁、父母和弟妹買的東西收拾起來，明日一早搭著一位同鄉師兄的驢車回三山鎮。

東西剛收拾一半，外面樓下有人喊她，是醫館的夥計裴大成。

蘇荏出門朝樓下望去，裴大成道：「那個江小秀才又來找妳了。」

話音未落，有一人從穿堂走進後院，正是江未歇。

在穿堂兩旁還未融化盡的白雪襯托下，他一張臉更加清瘦蒼白，帶著陰寒之氣。

他抬頭對著她一笑，立即就如暖陽一般，驅散了冬日的寒氣。

跟在三山鎮的時候一樣，江未歇沒隔幾天就會找著頭疼腦熱的藉口來醫館，現在已經是醫館的常客了，沒人不認識他。

「這次又是哪裡不舒服？」蘇荏揶揄地問，隨手關上身後的房門下樓去。

裴大成偷笑了一下，轉身回去做事。

江未歇笑著朝樓梯口走來。

「胸悶。」

蘇荏覺得他就是個沒長大的孩子，每次找藉口都不能換點新鮮的，這個藉口別說在三山鎮了，就是在這兒都用過不止一次了。

走下樓後，兩人在樓梯旁邊向陽的木凳上坐下。

江未歇問：「剛剛聽大成說妳明日要回去？」

「嗯。」

自從來了縣城，她只回去探望一次。既然譚大夫讓她自己挑日子，她自然是能夠越早回去越好。

「我也是明日。」江未歇笑道。「不如結伴而行？」

「我和徐師兄一起。」

「徐巷？」

「嗯！」

江未歇心頭忽然不是滋味。來醫館這麼多次，他自是認識徐巷，是三山鎮北大徐村人，年十八、九，中等身材，樣貌雖然不出眾，但是看著卻舒服，性情隨和，做事中規中矩。

關鍵是，他至今還未成家，而且素來對蘇荏特別關心。

蘇荏過年就十七了，雖然她說要待大哥回來再成親，但是若蘇蒙三、五年不回來，蘇父、蘇母也絕不會讓蘇荏真的就這麼耗下去，何況蘇苒也漸漸大了，不能也跟著耽擱。

而他上次吐露心聲，蘇荏雖沒有明說，但已經是拒絕的態度。

他們之間有前世的鴻溝沒有跨過，他不知道還需要多久才能夠消除她心中的芥蒂。時間真的不寬裕了，他越想，心中就越是焦急不安。

「那……也不妨礙我們結伴同行。」他支吾地道。

「也好。」

「明天路上冷，妳可要多穿件厚衣服。」他提醒道。

蘇荏看他只穿著一身青衣棉服，取笑道：「我身子比你好著呢，你可別受寒才是。」

「我……我的病已經好了。」江未歇立即反駁。

李郎中教他的拳法，他依舊從不懈怠每日都練上小半個時辰，雖然身體還算不上多麼強健，但也和正常人差不多了，可不是之前那個病弱、動不動就要臥床吃藥的病秧子。

他更不想蘇荏這樣看他。

蘇荏嗤笑了一聲。「那你不是時不時頭疼腦熱、胸悶氣短的嗎？」

江未歇張口想辯解，還是嚥了回去，尷尬地笑了。

兩人相互叮囑幾句，約了明早見面的時辰和地方。

次日，蘇荏坐著徐巷的驢車到西城門附近，遠遠瞧見了一家湯包鋪子前的江未歇，而坐在江未歇對面的人卻是段明達。

她聽江未歇說過縣學內的事情，知道他沒有去外地求學。至於為什麼，她猜多半是因為江未歇、因為不甘心。

到了跟前，她跳下板車，江未歇立即拉她坐下。

鋪子的老闆端來兩碗辣湯和兩屜包子。

「猜這麼早你們倆也沒有吃飯，先吃點東西暖暖身子吧。」

蘇荏道了謝，朝段明達看了眼，在一旁坐下。

段明達笑了下道：「許久不見。」

蘇荏禮貌性地笑著回應，便沒有再理會。

吃完飯，蘇荏到板車坐下，披上厚衣服。

江末歇從鋪子裡出來，懷中抱著什麼，到驢車跟前，將一個湯婆子塞到她懷裡。

「剛裝的滾熱開水。」他笑道，然後將自己的兩個布包裹塞到她的身後墊著，也擋些風。

徐巷忍不住笑著揶揄他。「荏妹子沒那麼怕冷。」

江末歇笑著沒說話。

段明達站在車旁看著兩人，在江末歇轉過身去的剎那，他看到蘇荏嘴角一絲溫柔的笑意。

出了西城門，太陽已經慢慢升高，空氣中溫度跟著攀升。

人暖和了，但路上清晨的霜凍也漸漸消融，雪後的融水和著泥土，路走起來不是那麼容易。跟在車兩側步行的江末歇和段明達額上都沁出了絲絲薄汗。

路上往來行人步履匆匆，皆是要趕回家過年，但瞧見他們一行人時都忍不住多看幾眼，然後和同伴笑著說幾句。

路並不寬，隱約能聽清他們的議論，大抵都是那麼幾句。

「你瞧瞧這幾個，模樣一個比一個俊。」

「不知道是哪家的，都說親了沒有？」

甚至有膽大的人還會對著他們指點。

蘇荏看著跟在車邊的兩個少年人，身量都已經長成，修長勻稱，即便只是背影，在人群中也出眾。

至於五官，江未歇無論是鼻子、眼睛、嘴巴單挑出來看都不算精緻，偏偏湊在一起就很好看，整體面相偏柔和，加之皮膚白皙柔嫩，倒是有幾分女相。

老話說「男生女相」是富貴命，可上輩子的江未歇卻沒得來富貴，而是命喪十七之齡，算來也就是前一個多月吧！

段明達和段明通有四、五分相像，一樣的五官硬朗俊逸，但是相較而言，他比段明通稍顯秀氣一些，也可以說那是讀書人的書卷氣。

英俊雖英俊，她卻不喜歡那雙眼睛，因為和段明通太像了，雖然他目光、眼神沒有段明通狠戾，但是那種深邃卻像無底的深潭。

「看什麼呢？」

江未歇注意到她的目光在兩人身上梭巡。

「沒什麼。」

蘇荏微微地搖頭，低頭看著懷中的湯婆子，這麼久了，溫度也慢慢降了下去。

「手還冰？」

「不是。都出汗了。」她抬手朝他示意，然後抬頭看了看太陽。「今日很暖和。」

「那也要注意些，待會兒到柳灣鎮吃飯時，我再換壺開水。」

蘇荏笑了笑，沒有拒絕他的好心。

段明達自從出城就一直在留心蘇荏，既沒有傾城容姿，也沒有無雙才華，更聽聞她脾氣有些凶，似乎就是一個普普通通的村野姑娘。他不知道到底是什麼吸引江未歇，讓他不顧重病纏身的苦痛，去參加一場又一場的考試，甚至讓他放棄了明德書院，而選擇進縣學。

但凡是能夠在蘇荏身上找到一點與眾不同，他都會認為江未歇做這些是值得的，但是沒有。

想了許久，他不禁心中自嘲。

他之所以放棄明德書院進縣學，一半原因不也是因為她嗎？

四人在柳灣鎮那家熟悉的麵攤吃了飯，江未歇替她將湯婆子又裝滿了開水。

晌午的陽光和煦，她抱著一會兒，身子反而出汗了。

回到三山鎮時，天已經暗了下來，幾人分道而行。

蘇荏要去藥鋪先探望外翁，江未歇幫她拎東西、陪著她一起。到了藥鋪才知道外翁今日回家了，她又朝家裡去。

此時天已經完全黑了。

江未歇不放心蘇荏，本要送她到家門口，被她勸止才沒有再向前，兩人在村口處分手。

看著青色身影向西融入到夜色中，蘇荏才轉身朝村子裡去。

剛走十來步，見到胖三嬸站在院門前朝西邊望，然後笑著走上前問：「是隔壁江村的江小郎吧？」

蘇荏笑了下，沒有搭話。

胖三嬸卻是笑呵呵地道：「人真不錯，對妳也挺好的，妳可真有福。」

家裡人不知道她今日回來，已經早早吃了晚飯，都在堂屋內閒坐聊天。

一瞧見她回來，蘇苒和蘇葦高興地衝了上來抱著她。

蘇母也上前拉著她到火盆邊烤著，然後問她餓不餓，要去給她做飯。

外翁問她這段時間在城裡跟著譚家學醫的情況。

蘇父最後開口，道了句。「下次回來提前捎信，一個姑娘家天黑行路危險。」

蘇荏笑著應下，未提江未歇。

圍著火爐吃著母親剛煮好、香噴噴的麵疙瘩，聽著家人關心地問這個、問那個，她那顆懸著幾個月無法安放的心，此時才有了著落，感覺到踏實。

一家人聊到半夜才入睡。

次日，蘇荏將給家人買的東西一一拿了出來，蘇苒和蘇葦高興地樂開了花。

蘇父、蘇母說著莊稼人要不得什麼好東西，省錢自個兒添件衣服也是好的，但是那眼角眉梢的喜悅卻是掩蓋不住。

李長河看著桌上的幾包藥和一張藥方，呵呵地笑著道：「荏丫頭現在都能給外翁開藥方了。」

「這可不是我開的，是譚太醫開的。」蘇荏走到桌邊坐下，笑嘻嘻地道。「這藥方原本是給譚老夫人用的。我前幾天從四公子那裡得來的，他說這個煮水泡澡能夠緩解腰腿痠痛。我想到外翁和爹，每逢陰冷雨天腰腿都不舒服，就要來這方子。外翁，你瞧這方子行嗎？」

李長河捋著鬍子沈吟片刻。「以外翁來看，這方子有些奇怪，這幾味藥很少有一起用的，所以藥效如何，外翁說不準。」

「我和四公子說了外翁和爹的癥狀，他說和譚老夫人是一樣，想必也是管用的。這些藥多是祛寒活血為主，對身子都無害，外翁可以試一試，若是管用，外翁和爹也就少受些疼痛。」

隨後蘇荏便去燒水煮藥，一連堅持了幾次，李長河和蘇父的確感覺自入冬後腰腿痠疼緩解了不少。

過完年，相互走親串門，蘇荏從婦人們聊天中聽說了不少這幾個月來發生的事情。說的最多的還是曉豔和段明通。

曉豔現在有了六、七個月的身孕，人人都說看著曉豔的肚子和平常的反應，這一胎肯定是個兒子。

段家現在對曉豔客氣許多，段明通也知道疼著她，這兩個月沒聽說再鬧什麼彆扭。

她們都說曉豔這是要熬出頭了。

但是嫁到邵家的曉麗，現在被邵家管得嚴，就幾里路卻幾乎不回娘家看望旺嬸。有人說上回在鎮上瞧見了曉麗，被她婆婆、小姑使喚，跟大戶人家的奴婢似的。

眾人也就懂了。

前兩個月，因為蘇二嬸瞞著兒媳方臘梅抱著孫子串門，讓孩子著了風寒，發了一夜高燒，孩子受了好些罪。蘇二嬸回去後，被方臘梅和蘇蓬罵了一頓，現在幾乎是看著方臘梅的臉色過日子。

而最讓蘇荏意外的是，蘇大槐瘋了又跑丟的媳婦兩個月前回來了，不過瘋得更厲害了，逢人都說見到兒子，在一個大宅子裡，讓人去救自己兒子。

別人都不信她的瘋言瘋語，但是蘇大槐信。

他去了媳婦說的西北臨縣縣城那個大宅子，是個大戶人家。但是他沒有瞧見兒子，倒是被對方打了一頓。他告官也沒告贏，盤纏用完，還是乞討著回來。

沒幾天，蘇荏在村子裡見到了大槐媳婦，她一身破破爛爛的棉襖，髒得像從泥地裡滾過，頭髮蓬亂沾滿泥土和麥草，一臉的污垢，好似幾個月沒有洗過。見到人就撲上去說見到兒子，讓人去救她兒子。

她見到蘇荏的時候已經不認識蘇荏，撲上來抓著她的雙臂，滿臉焦急地求她去救她兒子。

「妳真的見到了？」

蘇荏前世離開三山鎮的時候，並沒有聽說最後他們尋回兒子。

「見著了，見著了！」大槐媳婦拚命點頭。「他長這麼高了，這麼高……和他，和他差不多高！」

好似終於有人願意和她說話了，她激動地比了一個高度，然後指了指不遠處河邊玩耍的孩子。

蘇荏瞧過去，那是村東口箏嬸的兒子，過完年八歲了，比大槐的兒子小山大半歲。

小山現在也的確該長得那般高了。

「他見著妳了嗎？」

大槐媳婦愣了愣，嘴巴哆哆嗦嗦了一陣後，忽然嚎啕大哭起來。

「我的兒啊，他不認得娘了……」

嚎了好幾聲，引來旁邊幾家人出門來看，瞧見她們兩人。

一個嬸子上去將蘇荏拉到一邊。

「她就是個瘋子，回來後拿過石頭、棍子打人呢！妳可得離她遠點。」

不一會兒蘇大槐瘸著腿過來，見到蘇荏有些愧疚地看了眼，便去拉自己的媳婦。

大槐媳婦卻是賴在地上不願起來，口中一直在喊。「我的兒啊，我見到他了！他不認得娘了，他不認得娘了……」

此時蘇大榆也過來，兄弟倆才將人給拖回家去。

一旁的嫂子說：「兒子都丟了兩、三年，樣子也變了，她一個瘋子，怎麼可能還認得出來？也只有大槐信她說的，去臨縣找。」

「這說不準，雖樣子變了，總還是有些模子可尋，兒是娘的心頭肉，不可能認錯。」

「真是可憐！就算是真的找到了，兒子又不記事，對方不放人，官司都打不贏，孩子也要不回來。」

兩人同情地嘆了一聲。

之後，蘇荏回到家，聽蘇母說了詳情。

蘇大槐帶著媳婦去找的那戶人家，是西北臨縣楊府，主人家叫楊德功，是個大財主。蘇大槐這一趟沒有瞧見自己的兒子，但是偷偷摸摸地從楊府看門的老僕口中，打聽到府裡有幾個七、八歲的小僮，有個孩子的確和大槐的口鼻長得有幾分像。

蘇荏沈默了好一會兒，不由想到當年那個拿著布老虎衝著她喊「姑姑」的孩子。

蘇大槐夫婦落得今日下場，她並不同情，但對那個孩子，她心中有一絲虧欠。雖然這一切不是她所為，她也好心提醒蘇大槐夫婦了，但終究她有能力挽回卻沒有去做。

沈思了半晌，她心中長長嘆了聲。

「希望那孩子能夠平安吧！」

第二十六章

過了上元節，年節就算是過去了，蘇荏辭別家人前往恭縣城。

剛出了鎮子，就瞧見一身青布短襖的江未歇坐在路邊的大青石上，手中拿著一根樹枝，似在潮濕的地面上寫什麼，身後是兩個包裹。

「在等誰呢？」蘇荏走近了些問。

江未歇抬頭瞧見來人，愣了下，慌忙站起身，用腳在地上胡亂蹭幾下，還用力地踩了踩。

蘇荏走到跟前看了眼地面，已經凌亂不堪，根本分辨不出什麼來，但是從邊邊角角來看不像是字，倒像是在畫什麼。

江未歇將腳挪了挪，擋住邊角的位置，支吾地道：「我……我沒等誰……我走累了歇會兒。荏妹妹，妳也是今日去縣城？好巧。」

「是挺巧。」蘇荏低頭朝被蹭亂的地面看了眼。「畫的是什麼，還不能給別人瞧？」

江未歇緊張地看向腳下，又踩了幾下，一抬眼就瞥見蘇荏的髮間戴著他親手雕刻的木簪，傻笑著道：「畫了隻山雀，畫得不像，怕妳笑話，所以毀掉了。」

「怎麼會呢？你的畫不錯，年前你送我的兩張門神挺好的，張貼在門上，可得了村上不少人誇，還問我是從哪裡買的。你是對自己要求太高了。」

江未歇想到那兩張凶神惡煞的門神像，侷促地笑道：「那種門神也無所謂像不像嘛。」說完，他轉身拿起大青石上的兩個包裹。「荏妹妹，既然這麼巧遇著了，不如一起同行吧！」

蘇荏笑著應和。

兩個人此次皆是步行，一路上說說笑笑，彼此講了許多過年時候的趣事，然後兩個人對著沿途遇到的事情說個沒完，從早上出發，一直到傍晚進縣城，兩人幾乎一路上沒有停過聊天。

江未歇見天暗了，因不放心蘇荏，送她到了富康醫館後，才返回縣學。

且說此時蘇家堂屋的燈火旁，蘇葦正對著一本連環畫書看得津津有味，不時發出嘿嘿的笑聲。

蘇母問：「你哪裡來的？」

他笑道：「歇哥哥送的，他自己畫的。」

「為什麼送你這個？」

蘇葦嘿嘿地笑。「歙哥哥喜歡我唄。」

蘇苒走來冷哼一聲。

「娘，妳不知道，他經常向江家哥哥透露大姊的事情，這畫本肯定是因為這樣得來的。」

蘇葦立即挺直腰桿，理直氣壯道：「歙哥哥那麼好，對大姊也好，做大姊夫不是更好嗎？」

「小鬼頭！不許胡說話！」蘇母佯怒地拍了下他的頭訓道。

蘇葦癟了癟嘴巴，嘟囔道：「我想歙哥哥做大姊夫。」

江未歙回到縣學的次日，段明達也回來了。

兩人依舊如往日一般相處。雖然住在同一間房舍，但是很少說話。除了縣學內例行公事的每日一時辰的講學課，其他的時間都是自己支配，他們甚至連面都見不著。

江未歙會在縣學、文廟或者是附近僻靜之處看書，若有不懂之處，就主動去教諭或者訓導的府上拜會請教。

段明達是和其他的同窗一起相互研討，對於疑惑不解的，更多是去請教自己的先生。

大家都相安無事，但是氛圍卻越發緊張，人人都感覺有山雨欲來前的那種安靜和壓抑，也都等著即將到來的暴風驟雨。

蘇荏回到醫館後，譚大夫一邊讓她跟在身邊聽學，一邊真正開始教她醫術。開始的頭一個月教的內容比較淺顯也比較慢，蘇荏雖然覺得比去年忙了些，但還有許多自由的時間。

待第個二月開始，忽然教授的內容翻了幾倍，甚至是比她早來的其他師兄們的兩倍。而且譚大夫要求嚴厲，每日的功課必須學得紮實透澈，否則便會挨罰。

這一點倒是真的印證了去年蔣蘭對她說的，譚大夫並沒有因為她是個姑娘而對她姑息包容，該罰的一點都沒有比其他師兄們輕。

一開始幾天她不適應，幾乎是每日天沒亮就起床，將醫館自己分內的活先做完，然後跟著譚大夫學醫，很多不懂的東西，譚大夫也不與她多說明，而要她自己去琢磨，這就要耗費很長的時間。若是次日考察功課沒有完成，還會被罰搗藥、熬藥、擦地，甚至是出醫館做其他瑣碎的事情。

那幾日她幾乎是下半夜才睡，每天眼睛下面烏青一片，一點精神氣都沒有，甚至朝哪兒一坐都能夠睡著。

幾位師兄看著她如此辛苦，很多時候被罰的事情都是他們偷偷幫著做，她才能多睡半個時辰，卻依舊是身體困乏。

一日，她在後院內一邊熬著藥，一邊翻看醫書，琢磨譚大夫所教的東西，竟然就那麼睡著了。

「咳咳！」

耳邊傳來響亮的聲音，蘇荏立即驚醒，看著面前藥爐的火還旺盛才舒了口氣，一抬頭就瞧見譚椿站在身邊。

「四公子？你今日怎麼過來了？」

過完年回來，她聽說譚椿將要和蔣蘭成親，這幾天也在忙著此事，沒有露過面。

譚椿扯過一旁的小凳子在她身邊坐下，拿起蒲扇漫不經心地搧著藥爐，滿臉興奮地笑道：「聽說妳這些天每日被罰，我就過來湊熱鬧看笑話。」

蘇荏白了他一眼。

「很好看？」

「還不錯吧！」他笑著拿開一個藥罐蓋子瞧了瞧。

蘇荏略有不滿地抱怨。「好似你沒被罰過一樣。」

「沒有！」他得意地笑道。「這個還真沒有！」

他瞧見提著一籃子木炭過來的裴大成，手中蒲扇指了指。「不信妳問他。」

蘇荏望向裴大成。

裴大成撇撇嘴。「四公子你這臉皮可越來越厚了，這都能夠拿出來自誇。小的越來越服你了。」

蘇荏一聽這話暗藏玄機，立即來了興致，忙問：「還有什麼內因？」

裴大成道：「還不是因為二老爺已經放棄四公子了。否則三公子那麼聰明好學、醫術拔尖的人，每次還挨訓挨罰，就四公子這樣耍滑的還沒事，豈不是不公平？」

譚椿氣惱地指了指裴大成，躥起來伸腳就要去踹。

裴大成眼明手快地躲開，嘴裡還不忘取笑兩句。「四公子你瞧瞧，比你晚學的幾位師兄弟都比你長進，你再不努力，過兩年蘇姑娘都壓在你頭上，你到那時候才丟臉丟大了呢！」

譚椿剛要去追打，裴大成一溜煙地跑過穿堂了。

蘇荏此時忍不住笑出聲來。

譚椿回頭瞪著她。「不睏了？」

蘇荏笑道：「徹底不睏了，精神好著呢！」忍不住也調侃他。「我覺得大成說得對，再過兩年我真的有可能在醫術上壓著你。」

「哼！」

譚椿回身在小凳子上坐下，氣得用蒲扇搧了幾下風，發現三月的天，風都是冷的，轉而去搧藥爐。

「若是當年我爹能夠像教妳這般嚴格地教我，我也不至於現在醫術是個半吊子。」他隨口抱怨，甚至帶著幾分嫉妒和不滿。

「怎麼？是為父的錯不成？」

譚大夫從後院繞過耳房走來，恰巧聽到了譚椿的這句話。

譚椿忙站起身來，尷尬地笑了笑。

「兒子不敢，是兒子不思進取。」

譚大夫冷冷看他一眼。「大成說的倒是不假。」

譚椿垂首「嗯嗯」的應聲，無可反駁。

三哥比他長兩歲，自幼兩人就是一起隨著父親學醫，但是三哥喜靜，學什麼、做什麼都沈得下心來；而他好動，對醫學這麼枯燥乏味的事情根本就提不起興趣，每日功課就從來沒有完成過。

一開始的時候，譚大夫還生氣地教訓過他，但是發現絲毫不管用，最後也不得不放棄他，一切隨他自己學，把更多的心思放在長子身上。

幾年前長子隨著大老爺入京，譚大夫想再督促次子學醫，這幾年才稍有長進，勉強能夠坐堂，看些頭疼腦熱的小病。

譚大夫看向一旁身段矮一些的蘇荏身上，目光變得溫柔許多，露出讚許之意。

他行醫幾十年，且不說譚家的子弟，就是外來求學的人也不少。很多人來的時候信誓旦旦一定要有怎樣的成就，最後卻半途而廢，自請離去。

留下來的人也是半學半熬，平常的課業都是得過且過。稍有幾個有作為的，也偶爾會抱怨他太過苛刻，日子太累太苦。倒是這個看上去單薄的蘇荏，出乎他的預料。

他最初也是想試試蘇荏的忍耐力，心中猜想三、五日這小姑娘恐怕就承受不住，自己再適當減輕一些她平日零碎的活兒，給她多些鑽研的時間。沒想到大半個月過去了，她竟然還是這般堅持，一句抱怨都沒有，一字苦累也沒說。

若非是自己的弟子，自己親眼所見，誰說給他聽，他都不會信。

再回頭看兒子，不由得更加失望，堂堂七尺男兒，竟然不及一個嬌弱的姑娘。

待譚大夫離開中院去了前堂，譚椿才大大舒了口氣，歪頭對蘇荏笑道：「看來我以後想要偷懶還真的不行了。」

「自然不行！」蘇荏笑著坐回小凳子。「你不是準備後年考太醫司嗎？若是考不上，回來後師父才不給你好臉色呢！」

「妳最近這麼拚命學，該不會也想到時和我一起考吧？」

蘇荏點了下頭。

「所以大成說得對，若是你被我壓下去，那臉可就丟大了。」

第二十七章

春日明媚，三月柳綠花紅。

恭縣幾個稍有些名氣、適合踏青的地方都已經擠滿了人，最鼎盛的還是城內的仙湖。

無論湖岸、長堤還是湖中的小舟，人滿為患。岸邊稍稍開闊平坦的地方，便可見放紙鳶的少男少女，和陪孩子嬉戲的父母，歡聲笑語連成一片。

蘇荏這幾天輕鬆了不少，她想大概是因為譚大夫瞧她身子快撐不住了，所以給她安排的功課和活計少了許多。

輕鬆幾日，精神氣恢復了，腦子清醒了，學東西快了很多，其實也沒比苦熬差到哪兒去。

這日黃昏，送走了最後一位抓藥的病人，醫館上了門板。

蘇荏正和幾位師兄忙著打掃和整理藥堂的零碎瑣事。

譚大夫從屏風後走過來對她道：「這大半個月妳著實累著了，就休息幾天，出去散散心。」

她詫異地看著譚大夫，覺得這轉變有點大，剛開始苛刻、嚴厲地壓著她喘不過氣來，現在忽然就給她放幾天假？

心中還沒有琢磨清楚，譚大夫就將一本《經脈論》遞給她。

「這幾日閒著就先翻一翻。」說完，他便踱步朝後院去。

蘇荏低頭看著厚厚一卷書，暗嘆了口氣。

她就想嘛，譚大夫不可能真的讓她輕鬆幾天。這本書說是讓她閒著翻一翻，肯定過幾日便會問及裡面的內容，哪裡會真的讓她隨便翻翻就能了事？

徐巷笑著安慰道：「至少其他的事情妳暫時就不用管了，也算是輕鬆了吧！」

蘇荏苦笑，這只是表面而已。前些天她在書架上看到《經脈論》就拿過來簡單翻過一遍，裡面的內容對於現在的她來說還是深了些，真的要看透澈可不輕鬆。

次日，她一如往常早醒，用完早飯後就坐在房中翻看醫書，還沒有翻看兩頁，譚椿就出現在窗戶前，單肘撐在窗框上，咧著嘴笑出一對深深的酒窩。

「聽說妳這幾日休息，帶妳去烏屏山登山踏青。」

「不去了，看書呢！」蘇荏點了點面前厚厚的書卷。「而且你都要準備成親的人了，怎麼還四處跑？」

「這有什麼關係？蘭兒和小七也去。小七可是讓我一定要把妳帶上。妳不去，待會兒她就跑到醫館來。」

蘇荏是領教過譚惜磨人的功夫，自從去年和她相識，這半年來，她經常來醫館找她一起說話、玩鬧。前兩次因為自己太忙，沒有時間陪她嬉鬧，她已經很不高興。這次若是知道自己得空還推託，那這幾日就別想安生了，非要被磨死不可。

看了看面前的書卷，她還真的有些為難了。

譚椿從窗外伸手將她手中的書奪過去，翻看了眼道：「這本我都看透了，大不了我提前說給妳聽。」

他隨手將書朝臨窗的長桌上一丟，再次催促。

蘇荏拿過書，剛想要找藉口推辭就聽到譚惜的聲音。

「蘇荏，妳這次別想糊弄我！二伯父都允妳幾天假了。」伴隨著聲音，一抹石榴色明麗裙裳的姑娘踏著木梯上樓來。

蘇荏呼了口氣，知道自己是逃不掉了，不捨地看了眼醫書，接著就被推門進來的譚惜拉著出門，塞進馬車裡。

蔣蘭已在馬車裡等著她們。也許是準備成親的姑娘了，舉手投足都溫柔沈穩許多，不似去年那般。

雖然這半年來她對蘇荏的態度有轉變，但仍舊見不得譚椿對她好，即便知道這種好無關任何男女感情，她一樣會吃醋。

相互問好後，蔣蘭問譚惜。「烏屏山挺遠的，而且山中地勢複雜，怎麼想去那兒？」

「看日落啊！」譚惜笑道。

恭縣雖然不是風景名勝之地，沒有什麼波瀾壯麗的景色，但本縣也羅列出恭縣十景，而排在首位的就是烏屏山日落。

它座落在恭縣城北二十多里，上山的路難行，而且山中有野獸蛇蟲出沒，雖然景美，但去的人不多，也多半是男子。姑娘家一來怕辛苦，二來怕山中危險，一般都是不願去。

蔣蘭和譚惜兩人看上去似乎沒有一點擔憂，甚至還特別的期待。

譚椿上了前面的一輛馬車。兩駕車緩緩穿過街市向北而行。

譚惜拉著蘇荏的手一直和她說話。

不多會兒，馬車停了下來。

聽到外面有說話的聲音，蘇荏好奇地掀開車窗簾子朝外望。

一條筆直的石板路，兩邊各栽植一排銀杏樹，路的盡頭有一座建築，匾額上赫然幾個大字。

這裡是恭縣縣學？

蘇荏的心猛然提了下，目光立即轉向前面的幾輛馬車，和十來個穿著各色春衫的年輕書生。

沒有熟悉的面孔，她心中忽然有一絲失落。

「看什麼呢？」譚惜也伸頭朝外看。「縣學？那些都是秀才？」

蘇荏收回目光，譚惜卻是興致濃濃。

「蘇荏，聽四哥說，常去咱們醫館的那個江小秀才也在縣學讀書，而且模樣清秀，我一次都沒有瞧見過，是不是那個呀？」她伸手朝人群中點了點。

蘇荏側頭再次朝外面看了一眼，沒有瞧見江未歇，卻是見到了段明達，他正和一個微胖的少年相繼上了一輛馬車。

原來他也去烏屏山？

她心中有些添堵。

「四公子為何要將馬車停在這兒？有約好的人？」她問。

譚惜道：「應該是約了卞叔叔家的聆哥哥，他去年也中了秀才進縣學讀書，和四哥的關係一向最好。」

下聆？

蘇荏覺得這個名字有些耳熟，卻一時間想不起來了，只可以確定自己前世聽聞過此人。

「剛剛問妳呢，那個人是不是江小秀才？」

「不是。」

馬車動了起來，譚惜還掀著簾子朝前面看，此時所有人已經上了馬車，什麼也瞧不見了。

蘇荏看著那條青石板路和兩排的銀杏樹慢慢後退，看著縣學落在後方，被四周樹木、房舍遮擋，心裡卻空落落的，像失去了什麼東西。

馬車出了北城門，直奔烏屏山，一路沒有停，她的心也跟著浮現些許忐忑。

烏屏山下，有幾家當地人開的茶館、酒館，供著往來遊山玩水或進山打獵、採野果之人休息和吃飯。

他們的馬車在一家茶館門前停下，前面車子上的書生們陸續下車，說說笑笑地先進了茶館。

譚椿走到她們的車前掀開簾子，扶著蔣蘭和譚惜下車。

蘇荏也順勢低頭走出馬車，扶著車框正準備跳下車時，這才注意到車邊幫她打簾子的人不是譚椿。

是那個最熟悉的少年！

「江小郎？」

蘇荏喜出望外，笑著跳下車。這才意識到自己的情緒太過激動，超出平常。她餘光瞥了眼四周，似乎沒有人注意到她，她才稍稍鬆了口氣。

江未歇瞧見她的情緒變化卻十分開心。

「剛剛聽四公子說，妳今日得空出來遊玩，真是湊巧。」

蘇荏看向譚椿，譚椿聳了聳肩笑道：「是挺巧的，看來你們挺有緣的。」

譚惜朝她身邊挪了挪步子，輕輕拍了下她的手臂，耳語道：「妳不說他不是江小秀才嗎？怎麼還騙我呢？還怕我和妳搶人不成？」

「胡說什麼呢！」蘇荏惱羞地低聲道，臉頰微熱。「我剛剛看錯人了。」

譚惜扁扁嘴。「好吧，我姑且信妳一回。」

此時走過來一位茶色長衫的書生，朝他們略施一禮，笑道：「七妹妹好，許久不見了。」

譚惜笑著回禮。「聆哥哥，是你不來譚府了。」

「是我的錯，以後必定勤快登門拜會。」

幾人說說笑笑也進了茶館。

一進門，蘇荏就瞧見坐在一旁顯眼處的段明達。他起身相互打了招呼。

蘇荏隨著譚椿到了另一旁，與譚惜、蔣蘭共桌於角落的位置。

眾人簡單要了些茶點，順便歇歇腳，或聊天，或商量上山的路徑。

段明達所坐的方向正面向蘇荏和江未歇，他的目光時不時落在蘇荏身上。

大眼睛少年注意到他的神情，湊近了些低聲問：「段二郎，那個身穿水綠色衣服的姑娘是誰？怎麼和譚四郎一起？而且和小三元也認識還很熟。」

號子立即探頭小聲說：「我知道，我見過兩回，是小三元的意中人，在譚家醫館裡當學徒，我還湊巧見過一次小三元去醫館找她呢！」

「姿容絕佳，沒瞧出來小三元竟然還有這樣的豔福。」

微胖少年也伸長脖子輕聲道：「不過這樣標緻的姑娘，還去當什麼學徒？學醫又苦又累，憑著她的樣貌身材，怎麼也能夠找個家裡寬裕的夫婿，再不濟，給那些大戶人家的老爺做妾，也是一輩子吃喝無憂。」

「對啊，再說現在小三元看上了她，小三元以後怎麼著也是能入仕為官的，她只要抓住小三元，以後還愁衣食沒有著落嗎？」

段明達聽著三位同窗議論，再次看過去，此時蘇荏的身影被夥計遮擋了。

忽然一聲脆響伴著一聲輕叫，只見角落處一張桌子的三位姑娘瞬間慌亂。

蘇荏迅速站了起來，夥計連聲道歉，眾人目光立即聚焦過去。

隔壁桌的譚椿、江未歇和卞聆也都起身過去察看。

段明達看著蘇荏滿臉痛苦地抖著手，白嫩的左手已經通紅一片。

一瞬間，他的腦海中閃現相似的畫面：一個女子被開水燙傷雙手，痛得面部扭曲、眼淚滾落，卻咬著牙強忍著不發一聲。

那份堅毅隱忍，忽然刺入他的心頭，疼痛難忍。

蘇荏？

他這次抓住了、看清了，畫面中的那個人就是蘇荏。

被燙到的人不僅有蘇荏，還有坐在旁邊的蔣蘭。

蔣蘭只是因茶水順著桌子流過去灑到衣裙上，雖然燙著，但是明顯程度輕了很多，剛剛的一聲輕叫便是她發出來的。

蔣蘭看著染了一大片茶漬的新裙子，立即責怪夥計。

此時掌櫃和另一個老夥計過來處理，江未歇立即用冷水幫蘇荏敷手，抬眼看到她隱忍的表情，更加心疼。

所幸茶水不是滾開的熱水，雖然燙傷卻不是很嚴重。

夥計在一旁不斷躬身賠罪。

掌櫃瞧這一行人都是讀書人，好些還帶著僕從，必然是大戶人家子弟，不敢得罪，狠狠地罵了夥計幾句，然後親自給蘇荏和蔣蘭賠不是。

譚椿怒斥。「怎麼做事的？還不去找些傷藥來！若有個好歹，和你們沒完！」

掌櫃立即讓夥計去取藥。

江未歇從夥計手中接過藥，就要幫蘇荏塗抹。

蘇荏此時疼痛已經緩了許多，勸道：「我自己來吧！」

江未歇動作頓了下，意識到剛剛自己太過關心而忘了男女有別、失了分寸，忙鬆開蘇荏的手。

「對……對不起，我不是有心。」

蘇荏笑了下，準備自己上藥。

譚惜見她不方便，跨步走過來。「還是我來吧。」

掌櫃的再次賠禮道歉。

蘇荏淡淡道了句。「沒大礙，算了，他也是無心之失。」

江未歇、譚椿見當事人這麼說，也就不再追究。

掌櫃將犯事的夥計叫到後院去，重新叫個老夥計過來招呼。

蔣蘭也重新換了衣裙回來。

一場風波過去，號子三人都坐回自己的位置上，這才發現剛剛所有人或移步或起身去看情況，只有段明達紋絲不動坐在原本的位置，目光呆滯地看著蘇荏的方向。

三人面面相覷，大眼少年輕輕地推了推段明達，他才從恍惚中醒來。

「怎麼了？」

「沒、沒什麼。」

段明達看了眼幾人，端起茶盞抿了兩口，但腦海中那個畫面還在，蘇荏的動作、表情、淚水……越來越清晰。

他想了無數遍，絞盡腦汁就是回憶不起這個畫面是在什麼時候、什麼地方、什麼情況下發生，甚至旁邊還有誰都想不起來。

他可以確定，第一次見到蘇荏是在兄長成親的那日，此後見面也只是寥寥幾次，根本就沒有發生過這樣的事情。

那畫面的記憶好似憑空出現，有人塞進他的腦海，那記憶不該屬於自己。

他弄不明白為什麼會這樣，即便是自己作夢，都從來沒有夢見過蘇荏，為何腦海中會有那麼清晰、熟悉的記憶？

更讓他不明白的是，畫面每浮現一次，他的心就會跟著抽痛一下……

他不由得再次抬頭朝角落的蘇荏望去——她左手已經上完藥，用雪白的絹帕包裹，眉間輕輕皺著，卻不見多少疼痛之色。

「你這麼盯著那姑娘看，是不是太失禮了？」大眼少年笑著道。

段明達這才收回目光，歉意地笑了下。「蘇姑娘挺不一般。」

三人均是一愣，齊齊盯著他。

他解釋道：「大半個手掌被燙紫紅一片，竟然一聲不吭。」

三人這才意識到這點，剛剛那聲輕叫明顯來自旁邊另一個姑娘。

蘇姑娘的手掌傷得不重卻也不輕，竟然沒發出半點哀號。

號子點著頭道：「是挺堅強的，是我，我就會叫出來。」

微胖少年跟著取笑。「不僅叫，還是殺豬一樣的叫。」

段明達也跟著笑了，心中卻開心不起來。

第二十八章

十幾人商量好路線，一起朝山上去。

檀衣書生等一撥人走在最前面，段明達和同窗幾人走在中間位置，而江未歇他們因為帶著幾個姑娘行路慢，走在最後面，緊隨其後的是譚家幾個小廝。

烏屏山雖不高，但是山路難行，前兩日又下了一場雨，山中道路還有些濕滑，走起來更加艱難。

他們走一段便歇一會兒，很快就和前面的一些書生拉開了距離，瞧不見人影。

在半山腰，幾人停下來休息，蔣蘭拉著譚椿坐在對面說話，卞聆和譚惜在前面幾步的位置。

江未歇陪著蘇荏坐在路邊的大青石上，關心地問起她左手的傷。

「沒事了。」蘇荏搖了下頭，瞥見路邊的一株花草，伸手掐斷花莖，回身對江未歇笑道。「伸出手來。」

江未歇看著那朵碗底大小的白花，以前沒見過，不知道叫什麼名字，也不知蘇荏要做什麼，便伸出手。

「右手。」

江未歇更好奇，但也聽她的話換了右手。

蘇荏瞧見他當初在三山鎮藥鋪留下的那道傷疤，便將花莖上乳白色的汁液滴在他手腕那道深色的疤痕上。

「揉一揉，這個有祛疤淡痕之效。」

江未歇揉著那一道小小的疤痕，嘴角不由得歡喜地笑了。

過去這麼久了，他自己都忘記了這處傷，她卻還記得，還想著要幫他祛疤。

「荏妹妹……」他看著面前的姑娘，千言無語凝在心頭卻不知道怎麼開口，只道了兩字。「謝謝！」

「這有什麼好謝的？」蘇荏笑道。「這藥汁塗一次、兩次沒什麼大用，我回醫館後給你調配好藥膏，你什麼時候有空就過來拿。」

話說完，她忽然覺得這話似乎關心太過，有些不妥，補充了一句。「我以後是做大夫的，這不是分內之事嘛！」

江未歇還是心中歡喜，放下了袖口笑道：「好。」

休息一會兒，一行人繼續朝山頂去。

到了山頂，並未見到前面的兩撥人，猜想他們應該是去旁邊賞景，於是一行人在山頂一處小亭子坐下來休息。

雖然暖陽溫煦，山頂的風卻清涼，他們也不敢迎風久坐。歇息一陣子，緩過力氣來，幾人結伴四處眺望山下的風景。

烏屏山經年累月有些遊人前來，建了好幾處的觀景台，四周沒有其他山體阻擋，視野甚是開闊。

站在觀景臺上向遠處看，一望無際的青青麥田，兩條交匯的河流和零星散落的村鎮。

幾人在山頂待了半晌，依舊不見其他人，便朝後山方向去，猜想他們是去後山的洞穴了。

烏屏山後山的洞穴寬、高丈餘，洞穴很深，裡面還出現了一條岔道，在岔道的中間上方是露天的，無山石遮擋。長年的雨水沖打，洞內地面就形成一個水潭。

當地人把這山洞稱為破天洞，把水潭稱為神水潭，認為只要喝下一口神水潭的水，然後誠心許願，心願便會達成。

後來當地人請來石匠，在洞內神水潭邊鑿了座山神像。

附近的村民，特別是進山打獵、採果的人，常年與野獸、蟲蛇相伴，危險重重，所以凡經過此處都要進去拜一拜，祈佑平安。

蘇荏一行人到後山洞口，聽到裡面傳來人說話的回音。

山洞深處黑暗，地面高低不平，幾個小廝點著火摺子走在前面照明引路，其他人相互攙扶而行。

江未歇想去扶著蘇荏，見她有拒絕之意，沒堅持，只是跟在身側以防萬一。

磕磕絆絆走了一段路，順著人聲走左邊的岔道，轉了一個彎，見到前方有光亮，隱約可見人影。

走到跟前，果然瞧見其他所有人都在，還有幾位書生正在神水潭邊，對著最裡面的山神石像參拜、許願。

見到他們，其中幾個書生道：「聽說許願很靈的，你們也都拜一拜，許個願。」

蔣蘭拉著譚椿就上前去，卞聆也對身邊的譚惜道：「七妹妹，不如我們也去許個願吧！」

「好啊！」

譚惜朝潭邊走了兩步，然後遲疑了下，回頭對蘇荏道：「一起吧！」

蘇荏朝水潭對面看去，一丈多高的神像，姿態隨意，面容慈善，一雙眼似能洞悉人世疾苦。

她笑了下，微微搖頭。

譚惜以為她是想與江未歇一起拜神許願，便沒有拉著她，逕自過去。

待其他人都喝了口潭水、拜神許願後，眾人發現蘇荏和江未歇還沒動，而且看上去對此一點都不在意。

卞聆上前詢問，他們為何不與大家一起參拜許願。

微胖少年暗含譏諷的冷笑。「江公子在我等之中才學最出眾，能夠連拿下小三元，哪需要拜什麼山神？即便不拜神、不許願，明年的鄉試也是穩能高中。」

眾人朝微胖少年看去，他也意識到自己一時嘴快、話語冒失，但是話已經說出口了，他也不想伏低認錯，索性閉了口。

江未歇朝山神像看了一眼，又回頭看向身邊的蘇荏，溫柔地笑了。

前世，他何曾沒有拜過神、求過佛？結果少年夭折。

今世，因為蘇荏，他才能撿回這條命，才能有機會像個正常人一樣生活。

若說神佛，蘇荏便是他心中的神佛，他何須去拜其他？

他想，蘇荏不願意去拜那尊神像，不願意飲神潭水，不屑向神像許什麼願，也是明白。

這些高高在上的神，根本不會關心人世疾苦，至少不會去關心她。

所以，他們都不信神。

但此時這話卻不應當說，畢竟眾怒難犯。

江未歇違心地笑道：「神佛慈悲為懷，憐憫眾生，知我等有苦、有難、有夙願自會普渡。神佛心懷浩瀚如海，怎會因為凡人不拜不磕幾個頭，而不解救苦難呢？」

「此話似乎有些有理。」人群中一位檀衣書生道。「神佛當不會與凡人計較這些。」

微胖少年被反駁得無話可說，微慍，臉色更加難看。

段明達見氛圍有幾分尷尬，笑著說了兩句話緩和氣氛，眾人結伴出了山洞。

此時日已西偏，一行人朝西山頭的觀景台去，等待日落。

檀衣書生幾人走在最前面，和後面的人有些距離。

其中一人道：「我瞧著剛剛出山洞時，皮公子的臉色難看，估計心裡還氣惱江小秀才。他素來就是吃不得虧的性子，後面恐怕是要鬧出點動靜。」

其他幾人均點了點頭。

原本兩方就不和睦，只是平常井水不犯河水罷了，現在忽然挑起這麼一個頭，雖然只是微不足道的小事，但難保不會鬧成大事。

一行人到了西山頭的觀景台，太陽西沈，不多會兒便落下西山。

其他的書生們面對眼前的美景談論起詩文，有的來了興致便作詩，互相點評稱頌。

蘇荏幾人中也就江未歇和卞聆讀書多，所以兩人有默契地不談詩詞文章，更多的是說起烏屏山的由來、人文故事等。

不多會兒又來了幾撥人，都是來觀景臺上欣賞落日，場面一下子熱鬧起來。

太陽已經慢慢落下，彩霞從西方的地平線一點一點地向這邊天空鋪展開來。

落日熔金、五彩絢麗，眾人驚嘆美景無雙，情不自禁又吟誦或作詩填詞。

蘇荏見到略偏北的方向有一片紫霞，指給江未歇看。

「像不像你畫的那幅年畫？」

江未歇順著方向望去，瞧了好一會兒才瞧出模樣來，不由得笑了。

恰時，身後傳來一聲感嘆。

「好美的蒻蔌花。」

蘇荏稍驚，看著西方半邊天的彩霞，在最中間的位置看到金紅色的雲朵層層疊疊，真的像極綻放的蒻蔌花。

她回頭朝說話的人看去，是一位年過三旬的男子，皮膚偏暗，有一些曬斑，一身便衣短打，雙手有泥土和青草汁液，身後揹著一個竹簍，正神情癡迷地昂首看著雲霞。

太陽完全落入西山後，霞光也隨著慢慢消退。

山上的人陸陸續續下山，只有極少數人坐下來要看山中夜月。

山頂的風更加寒涼，譚椿勸眾人趁著天色尚有餘暉先下山。

蘇荏走了幾步，回頭瞧見揹著竹簍的男子還站在觀景臺上，她遲疑了下，想上前說話，最後還是忍住衝動，與眾人下山。

走了一小段山路，最後一絲餘暉褪盡，東方的圓月也慢慢爬升起來。

到山下時，留守的僕人已經安排好住宿的客棧，並吩咐客棧準備晚膳。

眾人一邊用飯，一邊暢聊。

飯吃到一半時，蘇荏瞧見那個揹竹簍的男人從外面走進來，對著客棧內四周看了一眼，見角落裡還有張空桌子，走了過去。

夥計客氣地上前招呼，聽夥計稱呼，似乎是認識的。

江末歇注意到蘇荏的目光一直盯著進來的男人，跟著朝角落望去。

男子放在身邊的竹簍盛了半簍東西，還有一把小鋤頭、一把鐮刀。伸出竹簍的幾朵白花，正是上山時蘇荏用來給他祛傷疤的草藥。

他多少猜到此人的身分，也明白蘇荏為何會注意這樣的一個男子。

待夥計經過桌邊時，他喚住詢問。

夥計笑道：「他是咱們客棧的常客，據說是京城來的採藥師，得知咱們烏屏山上有一種別地沒有的草藥，所以前來尋找。開春就來了，每隔一天就上一次山。」

蘇荏此時心中的疑惑終於解開。

難怪對方知道蒻蔌花。

蒻蔌花是一種花瓣層疊、色豔如火的毒花。花粉有迷魂之效，若是吸入過多會讓人產生幻覺、神志不清，嚴重者迷惑心智。花莖的汁液無色無味，沾到肌膚會產生瘙癢，不及時醫治甚至會出現潰爛。花根形狀與人蔘極為相似，呈烏色，誤食則會取人性命。

雖然此花全株是毒，但與其他的草藥合理相配，也會發揮極大的藥用。

此花甚嬌，對生長的環境要求極高，只有在西渝梵青山山陰的沼澤之地才有生長。大魏境內並無此花，曾經有採藥師到西渝採過一批，帶回京城藥園栽植，沒一個月便全部枯死。

所以此花珍貴，大魏也只有宮廷內有採藥師每年供奉的一些。

她本也從未見過這種毒花，只因去年有一次被譚惜拉著去譚府藏書房，她瞧見了幾本珍藏的孤本，好奇地拿起來隨手翻看，無意間看到了。當時只覺得書卷上的花朵形狀罕見，卻又十分嬌豔，一時興起才細看。

後來她向譚大夫問起此藥，譚大夫也只是聽說，其實並不詳知當如何用。

卻不想今日在山頂竟然有人脫口而出說到此花。

現在得知對方身分，反而覺得對方認識此花理所當然。

天下的藥材怕是沒有他們採藥師不認識或不知道的。

眾人吃過飯，陸陸續續回客房。

蘇荏和江未歇走在最後，忽然聽到客棧外傳來男人咋呼哭嚎的聲音。

接著，聽到對面的茶館傳來砰砰砰的敲門聲。

「開門，救命啊，快救命啊！」

聲嘶力竭，在寂靜的夜間尤為震耳。

蘇荏、江未歇和沒有進後院的譚椿幾人都止住腳步。

「出什麼事？是遇著野獸受傷了？」掌櫃顯然對這種事情司空見慣了。雖然這樣說，卻一點都不好奇緊張，只是朝緊閉的店門看了眼。

夥計答了聲，也沒有出去看情況的意思。

聽聲音可想而知應該是生死攸關，若真的受了重傷，對面茶館的人必然是無法醫治。

蘇荏轉身打開門，屋內的燈光立即透了出去，見到對面茶館也開了門，朦朧的月光和昏黃的燈光中，模糊見到有人揹著一人，背上之人軟趴地伏在肩頭，好似沒了力氣。

「救命，求你們快救救我表弟！」

哭嚎之人大跨步，進了對面茶館的門。

蘇荏立即過去，江未歇也忙跟著。

譚椿看了眼身邊的蔣蘭幾人，也忍不住朝對面走去。

茶館開門的夥計正是早上打翻茶壺的那位，瞧見蘇荏幾人心裡還含愧疚，沒攔著，讓他們進門。

堂內地面坐著一人，背靠著茶桌。

蘇荏一眼認出了那人，大驚道：「二東哥？」

哭嚎的男人見來人認識自己表弟，立即道：「你們快想辦法救救他，他是誤吃了毒果子。」

蘇荏立即上前診治，然後求助地看向譚椿。

譚椿瞧此人中毒不淺，而且又是蘇荏相熟的，也立刻伸出援手。

折騰了好一陣子，終於將段二東吃的東西都催吐出來。

江未歇不知何時回了客棧，此時正拉著那位採藥師進來，並將一竹簍的草藥都提了過來。

詢問段二東的情況後，採藥師立即從竹簍翻出幾株草藥，奔到茶館的後廚，將草藥迅速碾出小半杯藥汁，然後摻兌清水給段二東灌下。

段二東喝下去須臾便再次催吐，將藥汁全部吐出，反覆幾次，最後才給他灌下了一杯藥汁。

段二東好似被掏空身子，軟綿綿地倒在地上。

蘇荏察看了下他的情況，這才舒了口氣。

眾人也都放鬆下來。

嚎哭的男人抹了把還掛在臉上的淚，立即問：「我表弟是救活了是不是？」

「是。」譚椿笑道。「沒生命危險了。」

他看了眼蘇荏和採藥師。「真是懸。」

男人立即跪下對幾人磕頭道謝。

譚椿笑道：「醫者父母心，無須道謝。」

他伸手扶著男人起身，並請夥計安排個房間先讓人住下。

男人看向蘇荏詢問道：「姑娘是哪位，認識我表弟？」

譚椿和江未歇等人也都以詢問的目光看向她。

蘇荏心中慌亂了一下，便立即鎮定地道：「我是三山鎮蘇村的，以前去過山南段村。」

「妳是李郎中家的蘇妹子？」

蘇荏點點頭。

她前世只見過幾次段二東，雖然記憶不是很清晰，但她在段家受盡委屈時，他的媳婦煙霞曾暗中幫過她許多忙。只可惜好人沒得到好報，煙霞年紀輕輕就守寡了。

「真的是多謝妹子。」

男人說完，又向在場所有人道謝，此時才徹底鬆了口氣。

譚椿此時問及段二東吃了什麼果子。

男人說：「長得和青棗特別像，我表弟以為是山中野生的青棗，一時飢渴就摘來吃，覺得味道有些澀，只當是沒熟透，哪承想竟然是毒果子！」說完懊惱地捶自己的大腿。

譚椿和蘇荏都沒有聽過這種東西，就連常年在山下營生的茶館掌櫃和夥計也是一臉疑惑。

採藥師開口道：「那的確是棗，但不是青棗，是苦貫棗。這種棗子毒性比較強，一般人嚐了味澀也就吐了，所以最多腹痛下瀉，不會有性命之危，就不會太在意它的毒性。你表弟應該吃了不少。」

男人連連點頭。

「表弟因為飢渴難耐，即使覺得棗子澀，還是吃了五、六個。」

譚椿和蘇荏看向採藥師，心中不由讚嘆：不愧是藥園採藥師，果然見識廣博！

採藥師也看向他們，笑道：「原來二位是行醫之人，難怪剛剛救人之時，手法熟練且通曉醫理。」

幾人互相認識一番，見此處地面凌亂，段二東也無大礙，他們便回到對面的客棧坐下來敘談。

而提前回房的書生聽說對面發生的事情，都過來詢問。

段明達得知那人是段二東，他的族兄，不由吃驚，並過去探望，號子幾人也跟著過去。更多人則是留下來，對素不相識的採藥師產生了興趣。

談話間，眾人方得知這位採藥師的身分。

京城人氏，姓萇名季，父祖皆是藥園採藥師，他也算子承父業，十多歲就進了藥園做藥園生，種植、採集草藥，二十歲成為採藥師，十來年間跑過大魏以及周邊幾國許多地方採集草藥。

許久，待段明達從對面的茶館回來，客棧的書生也都陸續回房歇息了。

次日天明，蘇荏去探望段二東，人雖然沒有醒，但情況已然好了不少。

段明達也正巧過來，瞧見蘇荏，昨日那幅熟悉的畫面再次在腦海中閃現，心口同時也好似被扎了一下，一陣痛楚。

他愣了須臾，才微微欠身對她道了謝。

跟在他身後的微胖少年皮脩，笑著道：「原來蘇姑娘的醫術不淺，昨夜聽了段二郎說才知道，妳外翁還是段家的恩人。」

蘇荏笑了。「皮公子過獎了，救人醫者本分而已，談不上恩不恩。」

她朝床榻上昏迷的人看了一眼，對段明達道：「剛剛餵他喝下了一碗藥，但蓑公子採的藥也用完了，他餘毒未清，還是送到附近的醫館，或者一同帶進縣城醫治吧！」

段二東的表哥王實身上並沒有銀錢，進醫館的花費肯定不少，可人不能不救，毒不清且不說身子好不了，以後說不定腦子都不好使了。

王實只好求上段明達，想他是讀書人，在自己的同窗和朋友面前也不會冷漠甩手不管。

段明達常年在外讀書，段二東雖是他五服內的近親，但說來並無感情，幫與不幫也是兩可之間。但是面對眼前這個明豔的姑娘，他卻忽然生出不想給她留下壞印象的想法，便應了王實，願意搭救一把。

皮脩笑道：「那就進城吧！搭我的馬車，正好就送去譚家的富康醫館。」

商量完此事後，段明達和皮脩便帶著段二東先乘馬車回城。

譚椿等人在山下附近轉了轉，多玩了半日，過了午後才趕車回城。

臨走的時候，蘇荏還特意和萇季鄭重道別。

萇季笑著對她說：「雖然我在此地待不了多久，但既然你們將來打算進京考太醫司，也許咱們還會再見。」

譚椿笑著打趣。「若真的進京，肯定要找萇公子一醉方休！」

第二十九章

一行人傍晚的時候回到醫館。

一進門就瞧見了段明達和皮脩也在場。兩人見來者之中有江未歇而感到有些意外。皮脩還因為昨日的事情心中不悅，也沒有打招呼，走到醫堂一旁的長椅上坐下擺弄面前的茶杯。

段明達和蘇荏說了段二東的情況後，拜託她這幾日照顧些，自己得空再過來探望，然後跟眾人告辭，跟皮脩一起回縣學。

走到醫館門檻處，段明達忽地停下步子，轉身對站在蘇荏身邊的江未歇道：「江小郎不如一起回縣學吧？」

江未歇微愕然。

他與段明達同鄉、同在縣學，甚至一同吃住，但是無論他們自己還是外人都看得出來，他們只是表面客氣，私下並無交流。

在房舍的時候，他們幾乎是你看你的書、我寫我的字，兩人半宿沒睡，都不會說一句話。

這半年來一直如此，彼此都已經習慣了對方這樣冷淡的態度，段明達忽然這樣關心的一句話，將江未歇問得有些懵然。

好一會兒才回過神，他看了眼蘇荏，再看了看外邊的天色，的確不早了，也不宜再多待，便向蘇荏告辭，與段明達一起離開。

次日，段明達和江未歇又一同來醫館，蘇荏不禁詫異。

段二東已經醒來，但身體還很虛弱，想到在醫館內太費錢，準備待會兒就讓王實送他回去。

段明達寬慰道：「醫藥錢我已經幫你都付了，也無須你還。你中的毒深，多留醫館幾日，身子好些了再回去。現在回去只會讓嫂子擔心。」

段二東想到煙霞還有兒子，也的確不忍心他們擔驚受怕，但對於段明達主動幫他墊付醫藥費並且不要求返還，還是覺得有些不可思議。

他知道段明達素來性情溫和，但是他也清楚段母潑辣刁蠻，而且和自己的媳婦一向不和，若是讓她知道兒子這麼做，定然不依，甚至會衝到他們家逼著還錢。

但屋內除了他，還有王實、蘇荏以及另外一名少年，段明達這話應該不是誆他，心也稍安。

蘇荏朝段明達看了一眼。

前世在一個屋簷底下生活那麼多年，她對他也算瞭解。對於親近的人他素來心善，但是對於不親的人，他卻更多抱著事不關己、漠不關心的態度。

能夠主動幫段二東，的確出乎她的預料。

接下來幾日，段二東都住在醫館的中院。

蘇荏每日照料湯藥，順便問及煙霞和孩子的情況，得知他們母子一直都挺好的，她也安心了。

今世救了段二東，也算是還了前世煙霞不顧一切幫她的恩情。

這幾日醫館內的人都發現了一個奇怪的現象，那就是江小秀才和段秀才兩人，每天有事、沒事就朝醫館內跑，每次都是同來同去，好似親密無間的兄弟。

譚椿好奇地問他們，這是商量好的嗎？

兩個人異口同聲說是巧合。

明眼人都看得出來這不是巧合，因為這兩個少年看著彼此的眼神中不僅沒有默契，甚至還有冷淡和疏離。

這其中的微妙，細心的人一猜便知道了。

在段二東回三山鎮的那天，除了這兩人，還有皮脩一同前來。

段明達和皮脩送段二東出城時，江未歇沒有跟去，而是留在醫館陪著蘇荏。

蘇荏要曬草藥，他就幫著端藥筐；蘇荏要熬藥，他就幫著看藥爐；蘇荏要切藥，他就在一旁幫她搗藥。

譚椿忍不住開他玩笑。

「跟得這麼緊，沒人和你搶蘇妹子。」

江未歇只是羞澀一笑，心中卻清楚——之前或許沒有，但現在開始就不一定了！

自那日段明達將他叫走，他就從段明達的眼神中，看出對方對蘇荏的那一絲情意。

他知道蘇荏恨段家的人，也知道她有心用他來壓制段明達，但是他能感受到蘇荏並不恨段明達，否則她就不會只用他來打壓段明達，而是像對待段明通那樣毀了他。

若非前世段明達沒有傷害蘇荏，甚至可能還有保護之心，蘇荏絕不會對他與段家其他人不同。

這才是他最擔心、最害怕的。

幾天的休息過後，蘇荏又忙了起來。

譚大夫仍舊每日安排繁重的功課和事務，好在不用起早貪黑就能夠完成。

江未歇來醫館的次數相對頻繁，甚至段明達偶爾也會過來。沒有別的事情，只藉口說同鄉又相熟，一個姑娘在外面不放心，所以來看看她，其他什麼也不說。

蘇荏也從段明達的口中得知，曉豔誕下一個孩子，是個女兒，母女平安。

隨後聽說段父在縣城裡找了間鋪子，現在已經在城裡做起木匠生意，下個月段家的人便會搬到縣城來。

此事倒是和前世一致，並無出入。

蘇荏看出，段明達在提及這件事情的時候臉上並無任何喜色。她瞭解他的心情，這樣糟心的家人，他是想逃離卻逃不掉。

前世如此，今生又將如此。

不久便是歲試，江未歇和段明達沒有再到醫館來，但是兩人都從安州給她來信。

江未歇的信一如既往，說了風土人情、有趣的事情，還說發現一種好吃的東西要帶給她，更多內容是傾訴對她的思念。

段明達的信也多達好幾張紙，但大多是關於考試的事情，少許對她的關心。

譚椿和蔣蘭在八月份成親。

蘇荏去譚府喝了喜酒，隨後又聽說了譚惜和卞聆的親事。

卞家和譚家本是世交，兩人門當戶對又是青梅竹馬，年紀相當，也到了談婚論嫁的年紀。

只因卞聆去了安州，所以此事卞家父母作主定下了。

蘇荏在此期間回家一趟，得知月初大哥蘇蒙託人給家裡來信。

自之前蘇大槐帶回口信後，這是蘇蒙寫給家裡的第一封信，所以內容很長。

先是說了北蠻人那邊的戰事，然後便是軍中的情況，專挑一些好的來寫，讓家人不必記掛，但從軍去過戰場的蘇父又怎會不知那種艱苦和危險。

信中內容也提到不少軍中將士們的生活瑣事，多半是有趣的。主要寫到了一位關係最好的兄弟，名叫李轅。因為樣貌俊俏，剛來的時候細皮嫩肉像個姑娘，所以士兵們給他起了個外號叫「李娘子」。

他卻一點也不生氣，後來有次上戰場，他竟然連斬敵首十餘人，大家才知道他以前是練家子。雖然現在被北地風吹霜打得皮膚粗糙了，像個硬漢，但這綽號卻出名了。

蘇蒙在信中將「李娘子」誇讚了一番，還說蘇荏的性子和他般配，想讓他做自己的大妹夫。

信中還寫到，自己因為殺敵英勇，現在已經做了百夫長，將軍也看重他，有意將女兒許配給他，只是此事沒有徵詢蘇父、蘇母同意，所以他沒應下，想待戰事結束後，尋個機會回來和他們說。

蘇荏將厚厚的一封信看完，忍不住笑了。

蘇葦立即湊上來，義正辭嚴地道：「我不答應。」

「你不答應什麼？」蘇母好笑地問。

「不答應讓大姊嫁給那個李娘子啊！我覺得沒有誰比歇哥哥對大姊好。」

蘇苒拍打了下他的頭。

「是沒有人比江家哥哥對你好吧？說！你又收了什麼好處？」

蘇荏聽著糊塗。

蘇苒將前前後後許多事情和她說了一遍。

蘇荏才知道，年後鎮子外所謂的巧遇同行進城，是蘇葦提前給江未歇洩漏消息。除此之外，這大半年，蘇葦和江未歇暗中通信，把她所有的喜好和以前的趣事都告訴江未歇了。

她才終於明白，為何這半年來她覺得江未歇好似忽然對她特別瞭解一般，做什麼事都那麼讓她舒心。本以為只是巧合，原來是這個滑頭的弟弟把自己賣了。

但一想到這半年來他的無微不至，她竟然生不出氣來，反而心中暖暖。

蘇母拉著她在堂屋門前坐下，語重心長地說：「妳年歲不小了，妳大哥也不知道什麼時候回來。妳不是男兒郎，晚三年、五年成親沒關係，妳是姑娘家，不能一直不嫁人，這半年又好些媒人上門來提親。」

說到這兒，蘇母忍不住歡喜地笑道：「其實，江家在秋種後，也託媒人上門來提親了。」

蘇荏驚得一愣。

「江家？哪個江家？」

「自然是歇哥哥了！」蘇葦靠在門牆邊插嘴道。

蘇荏更是震驚。

這麼大的事情，江未歇肯定知道，他竟然裝作若無其事，一點痕跡都未顯露。

「我……」蘇荏心中對江未歇的隱瞞有些不悅。「我還不想嫁人。」

「哪有姑娘不想嫁人的？江家小郎人不錯，對妳也上心。江家畢竟讀書人家，明事理，以後也不會有什麼亂七八糟的事，豈會不好？」

蘇荏想反駁，但看到母親疼愛、期盼的眼神，話在喉嚨裡不忍說。

她看得出來，現在除了在外從軍不知情的大哥，全家人都對江家、對江未歇很滿意，否則不會縱容她和江未歇走得那麼近。

可她心中那個前世的結……

解不開！

沈默了片刻，蘇荏道：「江小郎是要考舉人進士的，將來富貴顯達，咱們還是不要攀那高枝了。女兒現在跟著譚大夫學醫，若勤奮些，過兩年就能坐堂行醫了。有一技傍身，娘還擔心女兒嫁不出去嗎？何況過兩年大哥也回來了，豈不皆大歡喜？」

蘇母抓著她的手摩挲了幾下，手心都看得到明顯的繭子來，心疼得眉頭微凝，長長嘆了口氣。

「妳一個姑娘，非要把自己逼得這般辛苦做什麼？嫁了人還不是伺候公婆、相夫教子？」

蘇荏聽著這話，心中不舒服，知母親是疼愛她，忍下了情緒，看了眼坐在一旁的妹妹蘇苒，心平氣和地道：「娘說得不錯，嫁了人的確要伺候公婆、相夫教子，可那也是要嫁到好人家，有個知冷知熱、疼自己的夫郎才行。若是婆家蠻橫、夫君殘暴呢？」

「歇哥哥不是那樣的人。」蘇葦立即伸張正義似地辯駁。

蘇荏笑了下，想到前世那個無能的自己，情緒低落了下去。

她繼續對蘇母道：「女兒想有朝一日，哪怕嫁不出去，哪怕所嫁非人，哪怕是夫家遭遇變故，女兒都有能力好好活下去，能夠讓自己和子女以及身邊的親人不會流落街頭，能飢有食、寒有衣、病痛有藥醫、風雪有屋舍遮蔽。所以女兒才想學醫，想將來有安身立命之本。」

蘇母被她說得有些許汗顏，不由得想到隔壁曉豔、曉麗姊妹的遭遇，娘家無人，自己又不爭氣，嫁到夫家之後就任由夫家欺辱。

沈默了好久，蘇荏見母親臉色不好，眉間深鎖，知道自己的話讓母親難過。她起身上前一步蹲在蘇母的腿邊，摟著她的手臂嬌聲道：「娘，女兒知道妳疼我，知道妳都是為了我好。女兒不是不想嫁人，只是女兒更想先學成醫術。女兒也知道娘看中江小郎。他的確很好，可他要考功名，明年和後年的兩場考試對他來說都非常重要，女兒也不想他分心。就算是娘答應了江家的提親，江家也不可能現在就真的娶了女兒，還是要待江小郎明、後年考完，所以娘也不必急。」

蘇母聽她這麼說，心中略顯寬慰，撫著她清瘦的小臉疼惜地笑了笑。

「妳就是太懂事了。」

蘇荏低頭靠在蘇母的懷中。

蘇葦忽然冒出一句。「大姊，妳剛剛的意思是，只要歐哥哥明、後年考完試，妳就願意嫁給歐哥哥，是嗎？」

蘇荏愣了下，抬頭看著站在一邊滿臉鬼笑的小弟，猜到他小腦袋瓜在想什麼。

她立即教訓道：「你若是敢再在給江小郎的信中亂說，我可是要打你的！」

蘇葦嘿嘿地做了個鬼臉。「妳打不到我！」轉身跑了。
蘇母也立即對小兒子訓斥道：「這種事不可亂說亂寫！」
「知道了，娘。」
蘇葦應聲，人已經蹦蹦跳跳跑出院子了。

第三十章

在家待了幾日，蘇荏勸蘇苒好好學刺繡。這是蘇苒擅長並喜歡的事，她希望妹妹將來也能有立身之本。

再過幾日，蘇荏回到縣城的富康醫館，江未歇也從安州回來，第一時間來看她。

歲試與童生試不同，它是對府、州、縣的秀才作考核，進行優劣等級評定。大魏開國後相當看重此事，所以來自各地的秀才，每三年會到省府所在地參加一次。然而，很多已無心進取的老秀才，往往不願折騰這一回。

歲試在即，江未歇自然是毫無問題。只是兩個多月沒有見到蘇荏，他迫切想趕快看到她，所以回來後，沒有回村也未回縣學，而是直接到醫館。

見到蘇荏一切安好，他才放心。

從醫館回到縣學後沒幾天，江未歇收到了一封信。

看到信封上的字跡和稱呼，便知道是蘇葦寫來的，他迫不及待打開。

看到裡面的內容，他忍不住哈哈大笑出聲來，舉著信高興得手舞足蹈，像個得了獎賞的孩子。

恰時，段明達、號子和皮脩幾人回縣學，瞧見迴廊下拿著信笑得像個傻子的江未歇，不禁好奇，卻也發出了冷笑。

家書也不是第一次收到，竟然高興成這樣！

拿下小三元都沒有見他這般開心笑過。

「難不成是富康醫館的那位蘇姑娘寫給他的？」號子說，目光朝段明達瞥去。

身為同窗，他們都瞧出來，素來只知道埋頭讀書的段二郎，自從春遊烏屏山回來就變了，沒病沒痛的常跑富康醫館，用意很明顯。

小三元對蘇姑娘的心意，也是眾所周知。

兩人暗中也大有爭奪之心。

段明達聽到這話，心中一緊，再看江未歇那欣喜若狂的模樣，更加相信號子所說。

皮脩冷哼一聲，大步走進迴廊，伸手奪過江未歇的信，笑著說：「什麼高興的事，讓我也瞧瞧。」說著，抖平信來看。

江未歇被猝不及防這麼一搶，反射性迅速伸手將信奪回來。

然而，皮脩未鬆手，信被撕爛。

江未歇臉色一沈，微慍。「皮公子，你這是幹什麼？」

皮脩看了眼自己手中殘存的一小塊紙張，上面正寫著「嫁」、「姊夫」、「李娘子」幾個詞，字跡有些歪扭，還有團塗改的墨跡，應該是出自一個學文寫字不久之人，準確地說更像個孩子的字跡。

皮脩知道江未歇只有一個妹妹，所以姊夫很可能是寫信之人對他的稱呼，只不過卻未聽過李娘子，不知是何許人。

皮脩將撕碎的紙張遞回去，笑道：「就開個玩笑看一下而已，還你！」

江未歇接過撕碎的信角，和手中的信摺疊起來，立即塞回信封裡。

皮脩恰巧瞥見那信封上的稱呼「未婚姊夫」，忍不住笑了。

這樣的稱呼，只有孩子才會這樣叫。

「原來江小郎有了未婚妻，好歹同窗一場，這麼大的喜事怎麼不和我們說呢？怎麼，不準備請我們去喝喜酒？」皮脩笑著調侃。

號子也走上前，拱手笑道：「恭喜啊！哪家的姑娘這麼有福，能得江小郎你的青眼？什麼時候成親？」

段明達站在廊外，看著他手中的信，心中忐忑不安。

聽皮脩的話，自然是看到了什麼關鍵字，但他並未聽說江未歇有未婚妻。去安州前，他去醫館見過蘇荏，也沒有發現任何異樣。可若不是蘇荏，什麼人能夠讓江未歇這般欣喜？

恰時江未歇也朝他看了眼，目光冷淡地掃過眾人，一字不答就轉身朝自己的房間去。

皮脩對他喊了句。「別忘了請我們喝喜酒！」

江未歇充耳不聞，頭也未回。

幾個少年立即詢問皮脩剛剛瞧見什麼。

皮脩朝段明達看了眼，將剛剛觀察到信中的幾個詞說出來。

「二郎，你可聽過什麼李姓的姑娘？」

段明達想了好一會兒卻沒有結果，但他可以肯定，這李娘子和江未歇沒有關係，不過未婚姊夫幾個字，卻讓他想到蘇荏跟著江老秀才讀書的弟弟。

他見過那小少年兩次，是古靈精怪的性子，想出這麼個奇怪的稱呼也並不為奇。

而且字跡歪扭醜陋，還有錯字塗抹，這不正符合嗎？

一顆心頓時好似被什麼拉扯著，讓他有些氣短。

段明達勉強扯開嘴角，笑著對幾位同窗道：「你們別拿江小郎尋開心了，他不是能夠隨便開玩笑的性子。今日大家剛回來，快回自己屋舍收拾收拾，咱們明天還要去拜見教諭大人呢！」說完，提著自己的包裹回房舍。

幾個同窗互相看了眼，也都不再作聲，心裡卻嘀咕。

段明達回到房舍時，江未歇正在書案前認真地黏合信紙，因此聽到他進來的腳步聲，頭也未抬。

段明達放下包裹，朝他書案前走了幾步，歉意道：「我代皮脩向你道歉，他素來玩性大，並無惡意，請見諒。」

江未歇這才抬頭看他，笑了下。「已經過去了，這種事我不會放在心上。」

想到信中的內容，剛剛所有的不開心都不值得一提。

段明達朝信看了眼，因為有些距離，加上是倒著看，字又歪歪扭扭，並不能看出信中寫的內容。

見江未歇黏東西時笨手笨腳，瞭解他因從小體弱，茶來伸手、飯來張口，這些事情不常做。

段明達主動上前道：「你這樣信會黏糊，我幫你弄吧！」

江未歇看了眼信上的內容，遲疑了下，笑道：「多謝。」

然後起身讓出位置，將信交給段明達。

段明達一目十行掃過信上的內容，心沈了下去，手不自覺輕顫了下。

這細微的情緒變化落在江未歇的眼中，神色稍稍輕鬆了些。

待信黏糊好之後，段明達未提及信上一字，當作漠不關心地把信還給江未歇，便回自己床位前。

段明達整理好東西，坐在書案後，翻看面前的書，腦海中全是剛剛瞥見的信中內容，絲毫沈不下心讀書。

自這件事情後，兩個人見面更加冷淡，比之前的話更少。

幾位同窗明顯感覺到段明達的情緒變化，猜到必然是和那封信有關。

一日，在縣學外的銀杏樹林中，幾個少年坐在涼亭中看書論文。

皮脩對他道：「你若是喜歡那蘇姑娘就當面直說，然後讓你爹娘上門提親。你又不比小三元差，先下手為強。」

號子安慰。「蘇姑娘雖好，但是天下比她好的姑娘多了去，你現在一門心思讀書，沒有接觸多少姑娘，以後接觸多了，會發現蘇姑娘可能是最普通的一個。」

大眼少年拍著他的肩頭，沈穩道：「明年的鄉試、後年的會試才是你最該放在心頭的事。待你登科及第，蘇姑娘也會對你另眼相看，說不定還想攀你這高枝呢！」

另一個圓臉少年帶著幾分看好戲的語氣道：「小三元若是將來真的考取功名入仕，恐怕就看不上蘇姑娘了。」

段明達一直沈默地看著手中書卷，其實一字沒有看進腦子裡。

他對蘇荏的感覺，自己也說不清楚。

說喜歡她，似乎沒有那種心動、見面會心裡慌亂的緊張感，相反地，每次相見，那熟悉的畫面都會在腦中浮現，他心口反而像扎了刺，一陣微痛。卻不知為何，就是心痛也想去看一看她。

若說不喜歡她，可當見到那封信上的內容，遠有一個叫「李娘子」的人，近有一個江未歇，這其中一人會和蘇荏成親，他就有說不出的難過、心塞、心慌，好似將要失去什麼重要之物。

蘇荏好似原本就住在他的心裡一樣，之前絲毫沒有感覺，現在有人想要生生奪走，他才察覺到她的存在，想到就心疼。

他看著身邊的幾個同窗，不想他們為自己的事情這麼費心費神，笑著道：「你們別胡思亂想了，距離明年的鄉試可就不到一年了，還是討論討論書卷文章吧！」

幾位同窗看他笑容勉強，知他沒有那麼樂觀，剛剛他們說的這些道理，他那麼聰明的人肯定都懂，能不能想得開還是要靠他自己。

段明達好不容易能專心看書，這時一個書生走過來，說他家裡人來訪。

他有些好奇，辭了同窗，到縣學門前，見到在木匠鋪裡幫忙的堂弟段明瑞。

段明瑞衝到跟前，抓著他就朝家裡方向去，邊走邊催促。「家裡出大事了！」

段明達受到他情緒影響，跟著緊張起來。

「出什麼事？」

「堂嫂沒了。」

段明達震驚，步子頓住，拉了把段明瑞。

「這話不能胡說。」

「這話我怎麼可能胡說?!否則我跑來縣學找你做什麼？」

段明瑞拽著驚得愣怔發呆的段明達，一邊走一邊和他說明段家的情況。

段明達始終不敢置信，自己的大嫂死了，孩子可只有半歲啊！連路都不會走，話都不會說，還是個吃奶的娃娃呢！

回到縣城內的新家，看到平躺在床上、滿面傷痕的大嫂，他才終於相信。

蘇荏是兩日後，從江未歇那裡得知曉豔去世的消息。

隨後就聽說旺嬸一家人都來了縣城，更將段家告到縣衙去，她才得知曉豔去世的經過。

曉豔生了女兒之後，在段家並不受待見。自段家搬到縣城來，段明通經常不在家，說是和別的女人鬼混。帶孩子和家裡所有的活兒，都是曉豔一個人做，稍有不滿意就遭到段母的斥責、段明通的打罵，她心裡委屈。

那天晚上段明通酒醉回來，口中一直喊著別的女人的名字，曉豔更是氣恨，就和段明通吵起來，然後動了手。

段明通已經醉醺醺，腦子糊塗，發起怒來動手也沒個輕重，拿起屋裡的木工鉋子就朝曉豔打去，鉋子上的刨刀砸到了要害，當即頭破血流，人躺在地上嗷嗷的叫，爬不起來。

段明通只當她又跟從前一樣，沒當回事，酒勁上頭，他就昏昏地睡了過去。

聽到兒子房內，大人、孩子在哭，段父、段母也習以為常，過一會兒曉豔沒了聲響，只聽到孩子哭，兩老被吵得心煩睡不著。

最後段母去兒子房裡準備罵曉豔，卻見到曉豔身下一攤血，這才意識到不對勁。伸手一探，曉豔已沒什麼氣息，心臟也微弱到幾乎不跳了。段母知道這次情況嚴重，與以往不同，連夜去請了大夫過來。

可惜大夫還是來晚了，人已經救不回來了。

次日的清晨，曉豔就沒了。

現在旺嬸、曉慧和二旺一家人，全都到衙門控訴段明通殺人。

知縣秦逢春清正廉明、明辨是非，沒兩日人證、物證都已經搜集齊全。

段家本想去賄賂，卻碰了釘子。

開堂審案的那天，江未歇陪著蘇荏去縣衙。

他知道蘇荏必然在意這最後的結果。她那麼恨段明通，必然想看到他的下場。證據一一擺在面前，段明通無可辯駁，最後供認不諱。雖然他行為卑劣，但因其是酒後失手殺人，最後也沒有為曉豔抵命，而是被判發配充軍。

沒有被斬首，但充軍也不比死好多少。

現在與北蠻人戰事未止，充軍意味著要衝在軍隊的最前面，成為人肉盾牌，就等於緩期處死。

曉豔死了，段明通充軍，再看向人群中最前面，被段明達和段父攙扶、哭得幾乎昏厥的段母，這本該是她心滿意足的時刻，但是她卻沒有那麼興奮、激動。

前世十幾年的痛苦，最後對方就這麼輕易地還了？

蘇荏總有些失望。

在段明通被帶下公堂時，他沒有看向自己的父母兄弟，而是看向了她。眼中說不出的複雜，有怨恨、憐愛和失望等情緒混雜。

蘇荏平靜如深潭，面上、眼中沒有一絲的情緒。

曉豔的屍首被旺嬸帶回蘇村安排後事。

段家嫌棄曉豔的女兒，旺嬸對段家的血脈心中有恨，兩家都不想要這個孩子，最後還是曉慧說服了旺嬸，將那個孩子一同帶了回去。

段明通在次月就被送往發配之地。

段明達因為兄長的事情，心情更加糟亂。雖然同窗感情深厚，不會因此而嘲笑抑或看輕他，但他自己覺得有這樣的父母、兄嫂實在抬不起頭。

很長一段時間，他沒有去縣學，沒有回縣城內的家，也沒有回三山鎮的段村，只是給段父、段母留了一封信，說外出散心讀書。

家裡人還有縣學的同窗四處打聽，都沒有他的消息，沒有人知道他去了哪裡。

段母因為長子發配充軍，次子又離家出走，傷心之下病倒在床。

過年的時候，段明達沒有回來，連一封信都沒寫給家裡，似乎從走的那一刻就徹底消失了。

冬季，蘇荏回蘇村的時候，去了曉豔的墳前看望。

曉豔被安葬在旺嬸家的一片墓地裡，墳頭很小，沒有墓碑，墳頭上落滿了白雪。

站在墳前許久，前世的點點滴滴在腦海中閃現一遍，她忽而覺得曉豔比她更可憐。

前世雖然憑藉美貌嫁給了段明達，但那是段母一手安排，段明達對她並無什麼感情，只是出於讀書人的謙和禮貌，以及身為丈夫的責任，所以一直與她相敬如賓，實則無任何的關心與愛憐。

前世，她不止一次見過曉豔抱著孩子獨自抹淚，口中抱怨段明達對她疏遠，兩人同床異夢。

今世，曉豔嫁給段明通那個禽獸，這丈夫連責任和謙和都沒有，最後命斷他手中。段明通能不能活到北境軍營還不知，孩子很快就要成為無父、無母的孤兒。

從墓地回到村上，蘇荏去看了曉豔的那個女兒。

孩子已經九個多月了，卻看起來瘦瘦小小的，像個半歲的孩子。孩子剛吃完羊奶，還醒著，睜著眼睛四處瞄，嘴巴蠕動，好似沒有吃飽一般。

她從曉慧手中接過孩子抱在懷中，感覺很輕。

蘇荏逗弄著孩子問：「妳叫什麼？」

「琇瑩。」曉慧在一旁回道。

蘇荏驚愕地看著曉慧。

曉慧以為她沒聽清楚，解釋道：「琇瑩，是這個音，但是字我不會寫。」

蘇荏愣愣地轉回頭，看著懷中襁褓裡的小女嬰，腦海中回憶起前世的第一個女兒——只活了兩歲多便夭折的大女兒。

琇瑩，是她大女兒的名字。

「段家給起的名？」

「嗯！」曉慧點點頭。

「段琇瑩？」

「她現在姓蘇，蘇琇瑩！」走進西屋來的旺嬸怒聲道。

對於蘇荏，她心中還是不喜，女兒不幸的遭遇，她多少有幾分怪到蘇荏頭上。

蘇荏勉強地笑了下道：「既然姓蘇，名字也別用段家起的，也改了吧！不如叫婉如吧！」

「婉如？」曉慧唸叨了兩遍，笑道：「這名字比琇瑩好聽些。」

曉慧轉頭對旺嬸道：「以後就改名叫蘇婉如。」

旺嬸沒回應，顯然也沒有拒絕的意思。

婉如。

蘇荏看著軟嘟嘟的小女嬰，這是前世段明達和曉豔的女兒名字。

第三十一章

過完年，江未歇再次「巧合」地和蘇荏同一天去縣城。

蘇荏知道江未歇又暗中和蘇葦通了消息，也沒有點破。

一路上兩人說說笑笑，江未歇一直暗暗地觀察她。

段家回到段村過年，曉豔又是她的鄰居，他以為她會受年前段明通的事情影響，這個年過得不好。

觀察了一路，他發現是自己擔憂過甚了，蘇荏似乎已經將段家的事情忘在腦後，隻字不提，言語舉止之間沒一絲異樣。

他這才放心了。

回到縣城後，江未歇回縣學繼續讀書，準備今年秋季的鄉試。

蘇荏一如既往在醫館學醫，每個月江未歇都會來看她幾次，她也習以為常了。

春末夏初，江未歇過來看她的時候，提到段明達回縣學了。至於這半年他去了哪裡、做了什麼卻無從得知，只是回來的時候整個人變了，清瘦許多、精神頹靡、暮氣沈沈，完全沒有少年人的朝氣活力。

段明達一直留在縣學，連縣城的段家都沒回過。直到前幾天段明瑞來找他，說段母病重，以孝義相責才將他給拉回家一趟。

段明達也只在段家待了一晚上，次日午後再次回到縣學。

縣學內的同窗知他是因家中事情煩心，很多事情也不去詢問，只是儘量開導他。很快就到了端陽。

今年的端陽與以往不同，知縣秦逢春和縣內的鄉紳們在仙湖上籌辦了一場龍舟賽。參賽者主要以鄉紳大戶人家的子弟為主。

仙湖北岸早早架上觀看賽事的木台，並搭上了涼棚。

木台上位置最高、視線最寬廣的一排涼棚，自然是為知縣、鄉紳老爺們以及有名望地位之人準備。

高台兩側，各有十來處相較低一些的木台涼棚，專供其眷屬休息觀看。

再往外，則是建在地面上的簡易涼棚，供平常百姓觀看。

在這些涼棚前後，穿插一些簡單的商販攤位。

恭縣因不是水鄉，端陽龍舟賽不是年年都有，三、五年才會舉辦一回。每次舉辦時幾乎全城的人都前來觀看，免不了吃喝玩樂。

這些攤位供不應求，還沒有搭建好，就已經被搶訂一空。

譚家是醫藥傳家，在恭縣有些名望，譚大夫也被邀請在內，恰巧那幾日譚大夫身子不適，便由譚四老爺代替出席，譚惜自然沾了光，在主台旁的涼棚內佔了位置。

四老夫人喜歡清靜，不愛湊這種熱鬧。譚惜沒有相陪的人，便想邀請卞聆，但是覺得直接相邀有些說不出口，又找不到合適的理由，何況未婚男女，眾目睽睽之下坐在一起也不大合適。最後她想到了蘇荏。

讓卞聆帶上江未歇，而她拉著蘇荏，這樣安排不但免去被人說閒話，蘇荏和江未歇一起也不會礙著她和卞聆，兩兩都不尷尬，彼此互不打擾。

但是譚惜漏算了最喜歡湊熱鬧的譚椿，本以為蔣蘭現在懷著身孕，四哥會留在家裡陪著，沒想到他自己竟然帶著小廝出門。

端陽龍舟賽當日，仙湖周圍、長堤上，臨岸的茶樓、酒館都擠滿了百姓。

為了視野好一些，很多人攀爬到湖邊的樹上觀看。

仙湖周圍黑壓壓的一片，人聲鼎沸。

主台上的人在喝茶、聊天、觀賞龍舟賽，一旁的小棚內，譚椿一會兒和卞聆、江未歇說話，一會兒找蘇荏和譚惜搭腔，一會兒指著仙湖吶喊助威，一會兒讓小廝做這、做那。

雖然小棚子內的氣氛被他帶得熱火朝天，自己不尷尬了，但成功攪了四個人的局。

上半場的龍舟賽結束後，中間有一小段時間休息，小廝從瓜攤處買來冰鎮的甜瓜，幾個人說說笑笑，吃得不亦樂乎。

一個小廝擠過人群，踏著木階上來，抹了把額頭的大汗，大喘了幾口氣，對著一邊打著扇子、一邊吃瓜的譚椿，聲音急促地道：「四公子，你快回去吧，少夫人找你呢！」

「找我何事？」

譚椿瞥了眼小廝，嘴巴被食物填滿了，嘟囔出聲。

小廝拍了下腿，神色更加著急。

「我的四少爺，你說少夫人找你能幹什麼，她身子重，一個人在家養著，你倒好，跑來這裡風流快活了，能不氣嗎？」

譚椿一愣。「停停停！什麼跑這裡風流快活？這話聽得怎麼有些彆扭，注意用詞！」

他瞪了眼小廝。

「反正少夫人讓你務必、立刻、馬不停蹄回去。」小廝無奈道。

譚椿看了看涼棚內的其他四人。

譚惜立即笑著道：「四嫂肯定是有急事。四哥，你趕快回去吧！別惹四嫂生氣，她現在可是生氣不得。」

卞聆也開玩笑道：「四郎，惹惱了少夫人，後果不堪設想啊！」

蘇荏和江未歇未搭話，卻在旁邊偷笑。

他們都知道蔣蘭的性情，沒成親之前就能夠追到飯館去抓人，成親後就可想而知了。

自從去年成親後，譚椿很少往外跑，不是在府中，就是在醫館，老實規矩。

譚大夫都不禁感慨，自己這個父親二十年沒教好的兒子，蔣蘭用幾個月就教好了。

譚椿覺得有些尷尬，畢竟懼內可不是什麼好名聲。他瞪了卞聆一眼，然後指了指旁邊的譚惜，暗示卞聆以後也不會比他好哪裡去。

卞聆卻是無所謂地笑了笑。

旁邊的小廝還在焦急地催著。「四公子，你可快些吧！」

譚椿丟下手中的瓜皮，起身，伸手用摺扇狠狠敲了下小廝的頭，低聲訓斥：「這種事情以後私下說！」

小廝愣了下，看向在場的另外四人，心中嘀咕——這不都是自己人嘛？還不算私下說？他又沒嚷嚷。

小廝也不敢多嘴，轉身跟著譚椿離開了。

譚椿走後，涼棚內的氣氛就和樂許多，兩兩說話都沒有人再插嘴進來打擾。

下半場的龍舟賽剛開始，便有兩人走上木台。

「江小郎、卞公子，剛剛聽人說瞧見你們了，我還不信呢！原來是真的。」

四人齊齊望去，見是微胖少年皮脩，跟在他身後的人是綽號「號子」的吳顥。

幾位公子互相打了招呼，蘇荏和譚惜也跟著站起來。

卞聆朝右邊一排的涼棚看了眼。

皮家在恭縣算是貴門富戶，祖上考取進士、做過官，雖只是六、七品的小官，好歹也是吃俸祿的。只是子孫不爭氣，都沒有考出功名來，直到皮脩才取個秀才的功名。雖然仕途無緣，祖輩留下的家產卻守得很穩。

這次的龍舟賽，皮家也是籌辦人之一，主台上與知縣坐在一起的人還有皮老爺的身影，皮家自然也有一處獨立的涼棚。

如今端陽暑熱，皮脩不在自家涼棚內納涼、看龍舟賽，竟然跑到這邊來。

相請兩人坐下，皮脩朝江未歇看了眼，然後目光就落在蘇荏的身上。

只見蘇荏身著一件竹青色的布裙，身上沒有任何配飾；烏髮簡單盤著，只插著一根普通的木簪，木質平凡、雕刻手藝也拙劣，在大街地攤上一文錢都沒人買的那種。

他竟覺得木簪一點都未損蘇荏的氣質，甚至還因為主人而顯得奪目。

面前的姑娘未施粉黛，但肌膚透亮、明眸皓齒，更加光彩照人。

他之前竟沒發現，原來蘇姑娘這般嬌美動人，也難怪段二郎對她念念不忘。

眾人都察覺到皮脩的目光凝滯。

江未歇倒了杯涼茶遞給兩人。「皮公子、吳公子，喝杯涼茶解暑。」

他身子朝前傾了傾，擋住皮脩的目光。

皮脩才注意到自己剛剛的失態，歉意地笑了下，接過茶杯。

卞聆笑問：「你們穿過這麼擁擠的人群過來，可不是為了喝茶吧？」

「自然不是。」皮脩喝了口茶，放下杯子朝仙湖方向看了眼。「今日這麼熱鬧的節慶、這麼大的賽會，自然少不得吟詩作對。你們二人素來善詩詞，所以特來相請，到隔壁涼棚與其他士子一起談文論詩。」

皮脩看著江未歇，特別強調道：「尤其江小郎，可是連中小三元，吟詩作詞不在話下。那邊不少士子都盼著能夠得你指點一二呢！你無論如何都不能推辭，否則真的要讓眾人失望了！」

卞聆的確善於詩詞，這方面在城中各子弟裡頭是翹楚，人人皆知。但是江未歇並不擅長這一塊，詩詞平平，這也是縣學士子眾所周知。

皮脩現在如此說，還特意將後面幾個字咬重了些，自然是有心而為，加之兩人素來沒有交情，恐怕來者不善。

江未歇聽他這麼一說，也不好開口拒絕，但是應邀過去卻並不會有什麼好結果。

卞聆也聽出皮脩用意，玩笑著道：「難得佳節盛會，江小郎特地來陪蘇姑娘觀龍舟賽，下半場才開始，你就將人給叫走，是不是不大合適？咱們都在縣學內，哪天聚在一起談詩論詞不行？」

皮脩朝蘇荏看了眼，瞧見對方只是面容平靜，沒有一絲情緒，笑著道：「不如蘇姑娘和七姑娘一起，那邊涼棚寬敞些，還有其他同窗的妹妹們在，妳們姑娘在一處熱鬧些。」

看來對方勢在必得，他們不去不行。

蘇荏笑了下，沈思一瞬，不駁對方的面子。「也好，多聽聽你們讀書人吟誦詩詞，長長見識。」

皮家的涼棚的確比譚家的大一圈，在木梯旁的長桌邊，坐著三位書生裝扮的年輕人，均是縣學的秀才。

長桌上鋪陳一些寫好的詩作和筆墨紙硯，有一位書生一邊吟詩，一邊繼續寫。

涼棚裡側是一張方桌，桌邊坐著三位姑娘，正一邊喝茶閒聊，一邊看著書生作詩，偶爾看看遠處的仙湖比賽。

段明達和大眼少年站在涼棚一側，兩人的目光一直盯著仙湖上的賽龍舟，直到聽見身後來人才轉過身。

蘇荏朝段明達望去，見他的確比去年清瘦許多且面色蠟黃、精神不振，好似久病初癒之人。

蘇荏微笑地朝眾人欠了欠身。

譚惜和旁邊三位姑娘認識，一邊打招呼，一邊拉著蘇荏過去。

士子們瞧見江未歇和卞聆，立即拉著兩人，讓他們務必也要作詩一首。

他們和皮脩的態度相同，都是假意恭維、說著不留餘地的話，讓江未歇無路可退，不得不臨場作詩。

江未歇知道在場的幾位中，至少卞聆和段明達的詩詞造詣，水準是在他之上，而且聽著剛剛一位書生吟詠的詩，詞藻華麗、寓意深刻，同時也將端陽的熱鬧、龍舟賽的氣勢都展露無遺，對他也是一種無形的施壓。

既然過來了，被推到這個位置，他已經沒有推託的必要，腦海中也正在構思著。

卞聆此時笑道：「上午的賽事，你們肯定每人都做了一、兩首，你們的佳作在前，不能不讓我們瞻仰一二，就要我們立即作詩。」說著便拿起長桌上的兩張紙看了起來。

江未歇從卞聆的手中接過一張，正是段明達所寫。

他輕輕吟誦一遍，齒頰留香，的確是在水準之上。

將長桌上的詩作一一讀完之後，江未歇毫不誇張地說，自己的文章策論不會輸給他們任何一個，但是在詩詞工筆方面，段明達明顯壓他一頭。

雖然卞聆給他爭取了這麼一段時間，可他腦海中想到的幾句詩仍是平平無奇。

若蘇荏不在的話，即便他的詩作敬陪末座，被其他士子嘲笑，他也不在意，但是蘇荏在側，特別是段明達也在跟前，他不想讓蘇荏失望。

琢磨了一陣子，依舊覺得差強人意，此時卞聆的一首詩已經作成，與段明達不分伯仲，被眾人讚賞。

現在所有人的目光都聚焦在他身上，就連一側的幾位姑娘也都帶著期盼的眼神盯著他。

「江小秀才是小三元，詩作肯定出類拔萃，獨到妙處。」一位十三、四歲圓臉蛋的姑娘對身邊的女伴低聲道。

身邊茶色裙裳姑娘，一雙鳳眼正癡癡地看著江未歇，好一會兒才回頭道：「江小秀才果真儀表不凡、才華出眾、品貌俱佳，真是難得。和他相比，我哥哥遜色多了。」

圓臉姑娘以團扇掩面輕笑了下，低聲打趣她。「妳莫不是看上了他？」

茶色裙裳姑娘頓時臉頰微紅，輕聲嬌嗔。「才沒有，妳別亂說！」羞赧地將大半個臉藏在扇後。

另一側的姑娘也笑著湊上前，團扇遮著，壓低聲音。「我看妳是瞧上了，自江小秀才進了涼棚，妳眼睛都沒有移開過。」

見兩位姑娘笑著調侃茶色裙裳的姑娘，譚惜輕拍了下她們的團扇道：「雅柔妹妹，就算妳真的看上了，也遲了一步，江小秀才心中可已經有了別人。」

三位姑娘同時將目光落在一直沈默的蘇荏身上。

譚惜和卞聆兩人早已定下婚約，這事眾人皆知，那跟著江小秀才過來的人只有蘇荏。

細瞧坐在對面沈默寡言的姑娘，身材清瘦，一身布衣，頭上只別著一根連她們家丫鬟都不會戴的木簪子，身上更沒有任何一樣首飾，雙手略顯粗糙，除了一張臉蛋標緻些，也沒有什麼能拿得出手了。

雅柔心裡暗想，這樣的姑娘要什麼沒什麼，怎麼和自己比？

江小郎就算心中有她，多半也只是一時看中臉蛋而已，將來進士及第，娶一個鄉野的丫頭能給他仕途幫什麼忙？還不是要娶一個官家或富戶之女？

雅柔心中千般瞧不上蘇荏，面上卻帶著羨慕，笑道：「姑娘真是好福氣。」

蘇荏笑了下，沒有否認譚惜的話，也不在意面前姑娘假意的微笑恭維，而是看向江未歇。

其他士子作的幾首詩詞，她都聽出些韻味來，特別是段明達的那首，與前世的一首端陽之作有相似之處。雖然江未歇才學出眾，但是想在詩詞上一鳴驚人、壓倒眾人，不大可能。

江未歇望著仙湖上百舸爭流的盛況，看著岸邊比肩接踵的百姓，聽著吶喊震天的聲音，心中也跟著激盪，回首時正對上蘇荏鼓勵、信任的目光，一瞬間心中似乎許多字詞翻江倒海湧了上來，剛剛的自我壓抑和否定，瞬間都煙消雲散了。

他看了眼涼棚中的眾人，沈吟須臾，笑著一字一句的吟誦。

第一聯出口，皮脩等人面上帶著一絲冷笑。這首詩開頭這麼平淡無奇，竟不如任何一人。

第二聯用詞押韻、意境雖然相較好一些，卻沒有出彩之處。眾人面上沒有顯露，但是目光中已然充滿等著看好戲的味道。

一旁的幾位姑娘也都在竊竊私語。她們讀過一些詩詞文章，能夠品評詩句的良莠來，不免對江小秀才失望，雅柔甚至有些退縮，蘇荏卻幾分期待地等著後面的詞句。

江未歇一口氣吟出第三聯、第四聯，伴著抑揚頓挫的聲調，氣勢恢弘，不僅寫出仙湖上龍舟競速、槳手勇爭的壯闊場面，也寫出了兩岸百姓沸反盈天的熱鬧，加上前兩聯的描寫，端陽一場龍舟賽，似乎都在他的這一首詩中展現了。

眾人驚得愣了好一會兒，最後還是卞聆先拍手叫絕，眾人才回過神來，跟著稱讚。

雖然有人心中不服氣，但是自己的詩作的確不能與之相匹敵，也只好忍下。

段明達是最為震驚的人，因為在士子中，他對江未歇最為瞭解，偶爾也會聽他吟誦一、兩首詩詞，只覺得沒什麼可圈可點之處，今日的一首詩完全超出了他對江未歇的認知。

相比他那首藉著眼前境況、緬懷先人帶著幾分淒涼之作，江未歇的這首詩更加熱烈、更加真實，感情更加飽滿，讓人心胸激盪澎湃。

段明達不自覺朝方桌邊那抹竹青色看去，只見蘇荏淡淡地笑著，目光中充滿讚許和歡喜，讓他心情更加低落下去。

卞聆提筆將江未歇剛剛的詩記錄下來，又吟詠了幾遍。

他是愛詩之人，能夠讀到這樣的好詩是由衷高興，同時也為剛剛自己心中小瞧了江未歇而感到羞愧。

旁邊幾位姑娘更是激動，雅柔癡迷地盯著江未歇好一陣子，才將目光轉向坐在對面的蘇荏，越發覺得面前滿身俗氣的村野姑娘，配不上那樣才貌品德俱佳的江小秀才。

皮脩見作詩沒有刁難到江未歇，反而讓自己和同窗們都顏面無光，心中頗為氣惱。

恰時，一個小廝裝扮的人走上木台來，朝眾人拱了拱手。

「諸位相公，知縣大人和幾位老爺在旁邊涼棚內瞧見幾位相公在此處吟詩作詞，思量必然是佳作頗多，所以命小的取幾首過去瞧瞧。」

眾人朝隔壁主台望去，一位老爺正朝這邊看來，帶有催促之意。

皮家的涼棚和主台中間只隔著幾步遠的距離，若非是今日人海如潮，聲音嘈雜，相互說話都聽得清。

皮脩看了眼長桌上的十來首詩作，最搶眼的莫過於江未歇，遞過去毫無疑問是讓江未歇在知縣大人和諸位老爺面前風光一回。

知縣大人素來看重江未歇這個小三元，那些老爺們家中也多半有子姪讀書，自然聽說過江未歇，就連自己的父親都常拿江未歇來說教。

皮脩心中再有想法，終究不敢違逆知縣大人以及諸位老爺的意思，只好從面前的長桌取了每人最好的一首詩遞了過去，並帶著幾分私心，將江未歇的詩作放在最下面。

眾人看在眼中，均是沒有表露。

小廝捧著幾張紙，匆匆下了木台，穿過中間的人群上了隔壁主台。

主台上面發生了什麼，如何點評幾首詩作，他們不知曉，但是眼下涼棚中的氣氛卻不是那麼融洽。

不一會兒一個文吏過來了，轉述知縣大人和幾位老爺的話，將他們每人的詩作都誇讚一番，沒有偏頗。

眾人心中也稍稍緩了緩。

只是他們沒有注意文吏在離開的時候，向立在一側柱子邊的江未歇多看了一眼，而這細節恰巧被段明達瞧見了。

第三十二章

隨著龍舟賽的結束，百姓陸續散去，他們也互相辭別。

卞聆送譚惜回府，江未歇則送蘇荏回醫館。

蘇荏好奇地問起江未歇，那首詩是如何構思出來的。

據她所知，那首詩遠遠超出他平常詩作的水準。

江未歇笑著道：「我回頭看到妳的那一刻，腦海中就忽然湧現了這樣的一首詩。」

蘇荏心中一蕩，臉頰微熱，笑了笑，幾分嗔怪。

「你怎麼說話開始油腔滑調了。」

「別誤會，我說的是實情，不是拿話哄妳。」江未歇緊張地道。

蘇荏瞧他一臉的緊張嚴肅，笑道：「信你便是。」

第二日，蘇荏便從譚椿的口中得知那日主台上的情況，據譚四老爺轉述，當時看完士子們的詩作，諸位老爺一致認為，江未歇的一首詩寫盡端陽。

隨後蘇荏在醫館接待一位讀書人，還從他口中聽到了對那首詩的稱讚。

可自從端陽後，江未歇有半個月沒去醫館，蘇荏心中有些失落和不安。

以前他固定逢五就過來看她，甚至平常也會來，如今五月十五已經過去好幾天了，依舊不見人影。

蘇荏這幾日有些心不在焉，平日無論跟著譚大夫學醫，還是在醫館內做事都是乾脆利索，現在不僅慢吞吞的，偶爾還會走神，好幾次被師兄們提醒。

夜間躺在床上更是輾轉難眠，她自己也不知道這是怎麼了，明明她將江未歇當作朋友而已。

雖然別人都將他們看成一對，甚至兩家父母都有此意，但她卻並不放在心上，不過是不想違背母親意思而暫時遷就，拖延時間而已。

怎麼才半個月沒有見到人，他才一次失約沒有過來看她，她就這麼心緒不寧、牽腸掛肚了？

是自己已經習慣他的存在嗎？

對他還帶著幾許依賴？

她內心搖頭否定。

不會的！

她在床板上再次翻了個身，閉著雙眼，努力告訴自己快點睡，明天還要早起做事。但是自我暗示了許久，依舊一點睏意都沒有，腦子裡全是江未歇。

她索性坐起身來，掀開帳子走到窗前吹吹夜風，見各房間的燈都熄滅了，院子靜若荒谷。

不知道站了多久，夜風吹拂有幾分涼意，她才重新回到床上，昏昏沈沈地入睡。

次日，蘇荏依舊是靜不下心來看書、學醫、做事。

午飯後，醫館內暫時空閒了一會兒，她坐在中院和後院之間的穿堂吹風乘涼，想讓自己靜一靜。

徐巷走進中院喊她。「蘇妹子，有人找妳。」

她精神一振，立即從凳子上站起來，心想──他還是來了，肯定這段時間有別的事情耽擱了，畢竟八月份就要去參加鄉試，也是要抓緊時間看書的時候。

可當她走到前面醫堂，瞧見的人不是江未歇，而是自家小弟蘇葦。

蘇葦見到她，「哇」的一聲哭了，撲到跟前來，泣不成聲地道：「大姊，歇哥哥出事了。」

蘇荏腦袋轟的一響，愣了一陣子才回過神，抓著蘇葦忙問：「出什麼事了？」

「歇哥哥……被人打了，現在在家躺著呢！」

蘇荏驚得心頭又是重重一顫，雙腳不穩，退了半步。

徐巷和旁邊其他師兄、夥計均是驚愕，忙過來關心地詢問情況。

蘇葦哭道：「具體我不清楚，但是歇哥哥的胳膊斷了，現在也下不了床，身上肯定還有其他傷，他不讓我瞧。」

他抓著蘇荏的手臂央求道：「大姊，妳回去看看歇哥哥吧！」

蘇荏想像江未歇現在可能的傷勢，心頭越發擔心、放不下。

此時，譚椿從屏風後繞了出來。

「估計情況嚴重，妳回去看看，或許能夠幫上忙，若是有需要，可以送到這邊醫館來。」

「可……」她朝後院方向看了眼。

譚椿明白她的意思，露出一絲苦笑。

「待會兒我爹醒了，我會和他說，他知道緣由也不會怪妳的。」

「多謝四公子。」

蘇葦拉著她便朝外走。

蘇葦進城的時候是跟著鎮上的馬車，但對方要在縣城待兩天才回去。

蘇荏心中著急，僱了輛馬車回村，傍晚的時候才到家，聽說外翁此時正在江村，她帶著蘇葦立即趕過去。

江家的小院內，江秀才、江樹、李長河、里正和江路幾人正圍坐在一張桌子前說話，個個面露愁苦之色，東偏屋內隱隱聽到說話聲。
蘇荏向他們問好後，直接去了東偏屋。
江母正端著一盆水準備出門，一雙眼睛紅腫，顯然不止哭過一回。她瞧見蘇荏來，回頭看了眼床榻上的兒子，眼眶又濕了。
「荏丫頭，妳怎麼跑來了？」江母聲音沙啞。
聽到聲音，床上的人動了下，顯然連坐起來的能力都沒有。
蘇葦立即跑到床邊。
蘇荏也快步走上前，見到床榻上的人，她眼中不自覺矇矓一片。
原本一張白皙俊俏的面容青紫好幾塊，額頭上纏著白布，右臂打著石膏、上著夾板、裹著厚厚的布帶，身上蓋著一層薄薄的被單，分辨不出哪裡還有傷。
蘇荏伸手想去掀開被單，伸到一半卻停了下來。強忍的淚終於還是滾落，她慌忙地別過頭抬袖擦去。
「沒事！」床上的人艱難地伸著左手，輕拍了下她的手臂，聲音虛弱乾啞。「李阿翁說養幾個月就好了。」
江母站在一旁聽到，淚流得更洶湧。
「是誰傷的？」

蘇荏坐在床前的小凳上，看著他左手腕瘀青一塊，慢慢地幫他放回床上。

江未歇嘴角勾著一絲寬慰的笑意，沒有回答，而是道：「妳能回來看我，這些傷都不那麼疼了。」說完後，好似意識到什麼，忙解釋。「是真的，不是哄妳的，真的不那麼疼了。」

蘇荏看著他一臉認真謹慎的模樣，眼淚溢出。「你喉嚨應該不舒服，我給你倒杯水。」

見她起身準備出去，江母立即道：「妳坐會兒，我去倒水。」

江母一勺一勺餵著江未歇喝了小半碗水，江未歇就好似一口氣跑了幾里山路那般疲憊，喘息了好一會兒才緩過來。

江未晚進房點上油燈，屋內的光線明亮了一些，然後拉著江母去灶房做飯，瞧見蘇葦還在一旁，把他也叫上，東偏房只留下他們兩人。

「你的性子素來溫雅，不會輕易得罪別人，即便是真的無意間得罪，也是小矛盾，絕不會惹下什麼深仇大恨。可你現在身上的傷如此重，明顯對方是恨極了你，所以可以告訴我是因為何事、何人所為嗎？」

江未歇依舊沒有回答，只是看著面前的姑娘一臉疲憊的神情、關懷心疼的目光，猜想她應該是聽到他出事就馬不停蹄奔回來，心中不由得欣慰。

他不想她為了自己的事情擔憂傷心，所以想一直瞞著她，沒想到蘇葦竟然會跑去告訴她這一切。

久等不到他回答，蘇荏不再追問，而是詢問現在的傷勢情況。

江未歇含糊其詞，蘇荏反而更加清楚他傷得嚴重，也相當心疼。

蘇荏、蘇葦和李長河都留在江家用晚飯，從江家人的口中得知事情的來龍去脈。

江未歇被打是在七天前，也就是五月十五——從縣學去醫館的路上。

縣學在縣城北，而醫館在縣城街市偏西，之間要穿過不少街坊，若是不走大街，從巷子裡穿行可以省去大半路程，也縮短了許多時間。

有一次江未歇順道去夏三郎家發現了這捷徑，此後就一直走這條路線。

那日，他和平常一樣，吃過早飯後離開了縣學，但是剛走到半路，在一條僻靜的巷子拐了彎，沒走幾步忽然眼前一黑，頭上被人套上麻袋，他還沒有來得及掙扎，就有棍棒如雨點般朝身上打來，並伴著拳打腳踢。

江未歇拚命喊著救命也沒人應、沒人來，直到被打得躺在地上動彈不得，才聽到對他動手的人道：「有人來。」

那幾人才趕緊離開。

來者不是別人，正是夏三郎家的鄰居于大郎。

他準備出門時，聽到那條巷子裡有聲音，好奇地過去看一眼，就瞅見有人打架。他本來怕惹來麻煩想當作沒瞧見，不承想那幾個動手的人一見到他竟然全跑了。

地上的人低聲悶哼，只能微微挪動，他擔心真的鬧出人命，一時心軟就上前去，才發現被套在麻袋裡、被打得滿頭是血的少年，竟然是夏三郎家的親戚。

隨後于大郎將人揹到夏三郎家，夏家派人回來報信，江家的人才知道。

江家人趕到縣城，見到躺在床上、渾身是傷的江未歇，立即報官。

于大郎當時瞧見其中一人的長相，就是縣城裡的地痞，恰巧他認識那個人，以前他在城裡開包子鋪的時候，和那人還發生過一點過節，不過那也是多年前的事情。

本來于大郎想多一事不如少一事，不打算說出這件事情，但是最後不知道江小郎和他說了什麼，于大郎出面指認了那個地痞，地痞在知縣威逼利誘之下將同夥都供了出來。

幾個地痞才知道，他們打的是有功名在身的秀才，在大魏律法中，平頭百姓惡意毆打功名在身的秀才，罪加一等，輕則徒刑三年，重則流刑。

以江小秀才的傷勢狀況，他們即便不被流放千里，也能把牢底坐穿，幾個人怕了，其中一個軟骨頭立即招供。

其他三人見已經瞞不住，為了讓自己脫罪，便和盤托出。

他們是拿人錢財辦事，收買他們的不是別人，正是同樣在縣學讀書的秀才皮脩。端陽節上，皮脩的妹妹皮雅柔看上江未歇，回到家後將此事說給母親聽。母親又轉述給皮父，皮父那日瞧見江未歇，又看了他的詩作，加之江未歇小三元的名頭，年輕有為，將來必然前程似錦，覺得女兒眼光不錯，自己也很滿意，就讓兒子皮脩暗中撮合。

皮脩對江未歇本就沒有好感，特別是每次父親拿著他和江未歇比較，藉此來數落自己，心裡頭就更加氣恨。這次想要招江未歇為婿，他自然是不樂意，說了反對意見，最後卻遭父親責罵、訓斥。

父親逼著他去替妹妹牽線搭橋，讓他無論如何都要促成此事。

皮脩咬牙硬著頭皮找上江未歇，卻被江未歇直接拒絕，然後兩人就發生口角。

皮脩當時心裡憤怒，口不擇言，拿話激江未歇。

「你不就是喜歡那個姓蘇的姑娘嗎？倒是有幾分姿色，趕明兒我就把她納到府裡來做妾，等玩膩了……」

皮脩說了一堆輕浮、侮辱的話。

江未歇當時被激怒，也失了理智，動手打了皮脩。

江未歇雖早年病弱，但是這幾年一直堅持練著李長河教的拳法，身子健朗，皮脩一時竟然沒有來得及還手。

當他準備還手的時候，恰巧被縣學內其他的同窗瞧見，攔了下來。

之後皮脩越想越恨，等不到事情平息一段時間，就私下找了城內的幾個地痞，告訴他們江未歇的行蹤，讓他們去打江未歇悶棍，暗想只要對方沒有抓個現行，就算對方猜到是他教唆了地痞，也只能啞巴吃黃連，自個兒朝肚子裡吞。

誰都沒想到半路竟然殺出個于大郎，而于大郎不僅認識江未歇，還認識下手的一個地痞。

縣衙那邊關於此次作案的所有人證、物證很快便搜集齊全，即使皮脩不認罪，也可定罪。

皮脩當即慌了，若是這事情鬧出來，別的不說，光這項劣跡在冊，自己不但沒資格參加鄉試，甚至秀才的身分都會被剝奪，更別說以後的仕途了。他立即去求自己的父親想辦法。

皮父知道事情的嚴重性，雖惱恨自己的兒子不爭氣，但還是盡力在其中周旋。

知縣內心偏向江未歇，對皮脩這樣的後生很是不喜，可他與皮老爺也有交情，不想擺出一副剛正不阿的面孔，便委婉地說：「江家兩位秀才，江未歇又是小三元，就是不狀告到州府，直接告狀到省府的學政處去，皮脩也是一樣的結局。」

最後皮父拉下臉，帶著皮脩親自登門賠罪，錢財、人情一樣不少。

江秀才和江父倒是好說話一些，江母卻是不依。兒子丟了半條命，哪裡是錢財能夠換回來的，非要治皮脩的罪。

江未歇想到了前世的蘇家，想到了蘇荏，若非母親的逼迫，蘇荏前世不會受盡命運的悲苦，不會今世心中都充滿仇恨，不會自己用了四年時間都沒有博取到她的芳心。最後他出面勸阻了母親，此事可以不再追究下去，但其他的條件不變，額外增加一條，今年的鄉試皮脩不能參加。

皮脩雖然品行不佳，但才學不差，無論是教諭還是先生都認為今年必然能夠中舉，若是今年不能參加，下次鄉試就是三年後，白白浪費三年時間。

可皮父和皮脩也沒得選。這件事情便這樣私下了結。

說到這兒，江母還是滿腹憤懣，怪自己的兒子心腸太軟，又將皮家父子咒罵了一通。

蘇荏這時才知道，原來事情起因竟然和她有關。想到一向溫文爾雅的江未歇竟然出手打人，的確震驚不已。

返回蘇村的路上，她從外翁口中得知江未歇的傷勢詳情，除了右前臂骨折，腰腿也傷了筋骨，其他青腫不一的傷更是多不勝數，估計要在床上躺半個多月才能夠下床。

蘇葦在一旁罵道：「就該將那個姓皮的也打這麼重的傷才解恨！歇哥哥竟然只是讓

他不得參加此次鄉試，簡直太便宜他了。」

蘇荏也覺得這樣輕饒了皮脩，以江未歇現在的傷情，估計今年的鄉試也不能參加，就這樣放過皮脩，實在太過仁慈。

而且更讓她意外的是，江母竟然聽了江未歇的話，沒有追究到底。這可不是江母一貫的性子，前世她對蘇家可沒有這麼輕易罷手，不知道江未歇說了什麼，竟然勸住了江母。

蘇荏在家待了好些天，每日都會去江村看望江未歇，名義上是說自己學醫幾年了，能夠給人看病，現在作為大夫去看病人。

但是村上的人卻並不是這麼想。

蘇荏和江小秀才之間的關係，村上的人不宣之於口罷了，誰不知道這兩個孩子之間有感情，江家都上門提過親了，兩人十之八九將來是要成親的。

第三十三章

這日，蘇荏如前幾天一樣揹著藥箱出門，剛到江村的村頭，就瞧見一個向村頭嬸子問路的熟悉背影。

嬸子指了指路，忽然瞧見了她過來，對她指了指。

「她是隔壁村的大夫，是給江小郎看病的，你跟著她一塊兒過去就成。」

問路人回頭瞧見蘇荏，愣了一瞬，然後點頭笑了。

「蘇妹妹。」

蘇荏走上前，苦笑了一下。

「段二郎怎麼來了？」她的餘光不由得朝段村的方向瞥了眼。

自從年前鬧出了段大郎的事情，他消失了半年，回來後只留在縣學哪裡都不去，現在竟然回了三山鎮，而且來探望江未歇。

段明達禮貌地道：「我與江小郎也算半個同窗，同吃同住一、兩載，聽聞此事，心中擔憂，怎可能不過來探望？」

蘇荏瞥了眼他手中提著的籃子，裡面是一些滋補的東西，而且都不是平常之物。

「這是縣學的士子們買的，託我帶過來。」

蘇荏點了點頭，兩人一同前往江家。

段明達瞧見她肩上的藥箱，猶疑了下，問：「一直是妳在照顧他？」

蘇荏聽這話有些奇怪，看了他一眼。

「他傷重，我每日過來給他檢查傷勢。」

段明達沒有說話，目光卻時不時落在蘇荏的身上。

他從號子的口中聽說了江未歇和皮脩的事情，說來此事起因還是在蘇荏身上。若非皮脩出口輕薄她，江未歇不會惱怒動手，也就沒有後來的事情。

他知道江未歇喜歡蘇荏，但是沒想到江未歇那樣性情的人竟然會出手傷人。不僅他，全縣學的士子們聽了都驚得目瞪口呆，覺得不可思議。

他聽到這個消息的時候，在想，如果換作是他，他當時會怎麼做。

他想了許久，唯一可以肯定的是，自己不會那麼激動地動手。

江家的人正在院子前翻曬今夏收上來的麥子，這幾日太陽好，曬一次也就能夠入倉了。

一瞧見蘇荏，江母放下木杴迎了過來。

「荏丫頭，天這麼熱，妳怎麼不待傍晚涼快些再過來？」

江母看了眼身後的段明達，以前沒有見過，好奇地詢問。

段明達自我介紹，只說是江未歇在縣學的同窗，沒有提及自己是南山山前村的段二郎。

江母忙招呼他們進院子去東偏房。

江未歇靠在床頭，正在用左手翻看放在身上的書卷，瞧見跟著母親進來的人，除了蘇荏還有段明達，頗為驚詫。

段明達看到床上的人也吃了一驚。

事情已經過去半個多月了，江未歇臉上還隱約有傷過的痕跡，額頭的傷雖然結痂，但可以看出當時傷得嚴重，右臂裹著厚厚的布帶吊在胸口。

更讓段明達吃驚的是，他人已經這樣了，還在讀書。

段明達說明來意後，聊表關心地詢問了他的情況。

江未歇也客氣地道了謝。

江母端來茶水，讓他們幾個年輕人聊著，人也就出去了。

蘇荏幫江未歇檢查過傷勢後，用兩句話說明了情況，便沈默地坐在一旁收拾藥箱。

三個人此時無言相對，坐著很是尷尬。

最後還是江未歇先開了口，帶著幾分自嘲的口吻問段明達。「是不是覺得我打人很意外？」

段明達以餘光朝蘇荏瞥了下，點頭道：「的確，不過皮脩言語有失在先。」他頓了頓又道：「皮脩僱人行凶，罪責較重，你只是讓他不參加此次的鄉試，可是你現在這般模樣，八月份的鄉試恐怕也不能去了。」

「不是還有兩個多月嗎？」江未歇立即笑著道，又看了眼自己的手臂。「鄉試的時候我的右臂也好得差不多了，提筆寫字定然沒問題，身上的傷也沒什麼妨礙。」

說完，他看向一旁的蘇荏，詢問道：「是不是？」

蘇荏被突然這麼一問，有些懵，看著江未歇面帶微笑，勸道：「還是多休息吧！」距離鄉試雖然還有兩個多月，但是鄉試要到安州赴考，這一去路途勞頓，根本不能調養。

江未歇面容微動，沒有再說話。

因為他從蘇荏的眼神中看出淨是關心，再無以前跟著李郎中給他治病時的那種冷淡和漠視。

那時候她對他的好，是懷著利用他壓制段明達的心思，現在她對他只有擔憂，再無其他私心。

四年了，他總算是得到她的一點回應。

段明達看著蘇荏淡淡的表情，腦海中又有什麼閃過，但沒有留住。

自從去年兄嫂的事情後，即便沒有看到蘇荏，他腦海中也經常浮現某些熟悉的感覺一閃而過，次數越來越多，那種感覺也越來越強烈，但他想破了腦袋，都想不出原因為何。

消失的半年，他沒有去別處，而是去了縣城南的一座寺廟，為了拋去煩惱讓自己心靜下來，每天聽著梵音經文，偶爾向住持請教佛法。

有次，他向住持請教此事，住持跟他說了佛家經文裡一位尊者的故事。

他當時聽得不大明白，苦思許久才懂幾分。

若非是前世情孽，就不會有今世相逢，若非是前世相欠，就不會有今世相思。那些抓不住的熟悉感覺，或許就是前世殘留的一點情思。

只是前世，到底他與蘇荏之間有過什麼，才會讓他們今世相逢，才會讓他入了相思，這已然不是他苦思能夠得知的結果。

此時三人的沈默讓氣氛變得微妙，段明達就在這樣的氣氛中感覺自己成了多餘的，他不想如此尷尬地待下去，便找了藉口告辭。

蘇荏不能長在家中待著，兩日後就回了縣城。

譚大夫聽聞了大致經過後，嘆聲道：「沒大礙就好。」

對於江未歇這樣文雅知禮又求上進的後生，他還是滿喜歡的。

譚椿在一旁冷聲道：「這點懲罰太輕了，皮脩為人心胸狹窄，且不說近期會不會對江小郎出手加害，就是三年後他再次科舉入仕，到時候與江小郎官場相見，恐怕仇怨更深，還是讓江小郎小心些。」

「多謝四公子提醒。」

譚大夫朝屏風後走去。

譚椿見此，又恢復了平日的不正經，湊到蘇荏跟前，賊兮兮地道：「瞧妳那日聽到江小郎受傷就緊張擔心的模樣，妳的心早就在他身上了，什麼時候能夠喝到你們的喜酒？」

蘇荏微紅著臉頰，瞪了他一眼，端著藥筐轉身朝中院去，打算做自己的事情。

譚椿笑嘻嘻跟了過去，追著問：「給個準信啊，我等著喝你們的喜酒等這麼久了。」

蘇荏看他不依不饒，衝著堂內喊道：「師父，四師兄他又偷懶胡為了！」

譚椿氣憤地用手指點了點她，然後乖乖轉身回了藥堂。

此後，江未歇一直在家中休養，蘇荏在縣城的醫館沒有再回村。

但江未歇寫信卻很頻繁，隔三、五日蘇荏就能夠收到一封他的信，信中零碎的事情說了很多：豆苗長高了，地裡的甜瓜熟了，誰偷摘屋後果子了，盜驪和鄰居家的狗掐架了，下雨了，江母背地裡誇她了，自己的傷如何了……偶爾還會寫一首小詩小令給她。

蘇荏覺得有趣的時候，也偶爾回信給他。

夏日的悶熱暑氣就在這樣來往的書信中吹散了。

轉眼迎來七月末。

江未歇最近給她的一封信中寫道，傷勢已經好得差不多了，準備過幾日就啟程去安州赴考鄉試。

蘇荏頗為擔心，畢竟上次傷及筋骨，這才休養兩個多月。於是給他的回信中，勸慰他身體要緊，不可急於求成，否則會得不償失。

隨後她沒有收到江未歇的來信，猜想他應該是已經啟程去安州了，畢竟幾百里的路程，他的身體如今不能夠快車趕路，此去少說也需要七、八日。

就在她這麼認為的時候，江未歇竟然來到醫堂。

譚椿瞧見他，立即將他打量一番，詢問情況，然後還不放心地拉著他診察了一遍，最後笑著拍了拍他的肩頭。

「康復得不錯，不過還是不能大意，舊傷處還要多加小心，再受傷麻煩可就大了。」譚椿說完又取笑道。「你這兩個多月補得有點多，都胖了。」

江未歇愣了下神，看了看自己的身材，然後又幾分期待地看向一旁的蘇荏。

蘇荏笑著道：「挺好。」

徐巷也搶過話道：「你之前太瘦了，身上都沒有幾兩肉，這樣好看多了。」

江未歇輕鬆一笑，對幾人道了謝。

譚椿叫過裴大成，讓他將蘇荏的活兒接過去做。

於是，蘇荏和江未歇到後院說話。

江未歇是今日出發去安州，他有兩個多月沒見蘇荏，一走至少又要一、兩個月，所以臨行前來看看蘇荏。

蘇荏最關心的不是他的鄉試，而是他的身體。

江未歇笑著拍了拍右臂道：「沒事的，而且李阿翁也說了，我現在恢復得可以，沒有大礙，剛剛四公子也說我復原得很好，不信妳再幫我瞧瞧。」說著右臂伸了過去。

蘇荏看了眼，沒有真的去檢查。她非常信任外翁在接骨方面的醫術，既然外翁說沒大礙必然是沒大礙，只是她心中不安罷了。

江未歇見她愁眉不展，開解道：「我又不是去出勞力、做粗活，提筆寫文章沒事的。即使我現在大傷初癒，也總比當年縣試時的身子好上許多吧？當年就無礙，如今怎可能有事？」

蘇荏沈默了許久，為了讓他安心，微微點了點頭。

兩個人聊了半晌，為了不再耽誤他的行程，蘇荏催著他趕緊上路。

走到醫堂辭別的時候，譚椿走過來對他說了許多祝福的話，最後道：「待你榜上有名而歸，我們一起去京城。」

江未歇不解。

譚椿疑惑地看著他，然後指了指蘇荏。「沒和他說？」

蘇荏知道江未歇對她用情至深，怕說了此事，江未歇會堅持要去參加鄉試。

既然現在他注定還是去了，說了倒也無妨。

「我準備年前隨四公子入京去考太醫司。」

江未歇一聽立即樂了。「那我此次鄉試務必要中舉才行，否則都沒有機會與你們同行了。」

譚椿打趣他。「你這個小三元如果還中不了舉人，全江源的考生豈不是都要落榜了？」

幾人話別後，蘇荏站在醫館門前，目送馬車消失在熙攘的街道。

次日清早，醫館打開門板，蘇荏正在醫堂收拾東西，無意中看向經過門前的馬車。

段明達掀起車簾朝醫館內看，正與她四目相對。

馬車沒有停下，段明達只是坐在車內對她微微點頭一笑。

蘇荏卻看到他笑得牽強，目光中流露憂鬱之色。

馬車慢慢駛過街道，車簾也放了下來。

蘇荏遲疑了幾瞬，繼續轉身做事。

在他們走了半個月後，蘇荏接到家裡託人傳話來——前幾天下雨路滑，李長河出診回來時摔了一跤，現在臥病在床。

蘇荏立即趕了回去，譚大夫也命譚椿陪著一起過去探望。

李長河畢竟年紀大了，摔了這麼一跤傷得不輕，躺在床上無法下來。

譚椿返回縣城後，沒幾日譚大夫也過來探望，讓李長河以後就在家裡好好養著，別再去藥鋪勞心勞力了。

蘇父、蘇母也是這個意思，只是李長河勸不聽，如今譚大夫相勸，他才聽進去。

蘇荏在家照顧了半個月，李長河才能慢慢拄著枴杖下地行走，再多養半個月傷才好，只是走路已經離不開枴杖了。

李長河此時也勸著蘇荏，別一直留在家照看他，蘇荏這才回了縣城。

臨走前，她偷偷叮囑小弟蘇葦，每個月都要給她寫幾封信，告訴她家裡的事情。

十月初，江未歇回來了，同他一起回來的還有段明達、卞聆以及其他幾位學友。這群人之中，只有江未歇、段明達、卞聆，還有段明達的同窗號子吳顥以及大眼少年方享五人中舉，其他幾人均落榜。

但是這次的鄉試解元不是江未歇也不是段明達，而是另外一位州縣的考生。江未歇只取得了第七名次，而段明達取得了第十一，卞聆、吳顥、方享更次一些。

雖然這不是他們理想的名次，但能夠中舉也已經是歡喜之事。

同行回來的路上，號子提出大家一起結伴入京赴考。江未歇想與蘇荏一起，所以婉拒了，卞聆自然也是要與未來的大舅子譚椿同路。

他們剛回來沒幾日，蔣蘭分娩，誕下一個男嬰，闔府歡慶。

過了孩子的滿月之後，已近十一月半，譚椿多逗留了小半個月，在月底便準備北上。

出發前，江未歇和蘇荏一起回家一趟，江未歇也專程去探望恩人李長河。

李長河的身子不像以往那麼硬朗，但是吃睡都挺好的，沒有大礙。

蘇荏替李長河診察過身子，沒什麼大毛病，這才放心。

蘇父、蘇母都知道她要進京考太醫司的事情，明白這是女兒的夙願也沒多阻攔，只是頗為擔憂。

江未歇立即寬慰他們。「我會照顧荏妹妹的……」話剛出口，意識到現在他們關係未定，在長輩面前說這樣的話有些輕狂失禮，忙補充道。「譚四公子和他的堂妹也一起，路上都有照應，伯父、伯母不必擔憂。」

蘇父、蘇母看著他，心中暗笑，沒有責怪。

李長河知道外孫女此去最掛心的人肯定是自己，他勸慰她一番後，開玩笑地說：「外翁行醫四十多年，只是在三山鎮有點薄名，妳以後學成了，說不準青史留名。」

蘇苒和蘇葦立即在旁邊笑著應和。

在家待了幾日後，蘇荏辭別了家人。

第三十四章

此次北上入京，譚椿帶上裴大成、一個老僕和一個小廝。

江未歇還是如以往一般，是族兄江路陪考。

卞聆只帶了兩個家僕。譚惜本來要跟著一起去，臨行前四夫人捨不得她千里迢迢跑那麼遠，哭了一場，譚惜不忍心就留了下來。

一行人，三駕馬車向北而行。

京城位於恭縣北千里，如今已是十一月末，越往北天越寒，沒幾天就飄起雪，行程也隨之慢了許多。

走了十來日，雪下得更大，路上積雪太厚，他們索性就在附近一個小縣城的客棧住了下來，等待積雪融化再前行。

因明年二月會試，四月太醫司招考，時間還算寬裕，他們也不著急趕路。

入住客棧的當日，他們就遇到同樣赴考的段明達、吳顥、方亨以及隨行之人。

他們比蘇荏等人早半個月前就出發了，只是三人一路上經過州縣時都會去逛一逛，看看風土人情或者拜訪當地老學究，所以行程慢了許多。

抵達此縣的時候滯留了兩日，本想趕路卻又偏逢大雪，只能繼續待下去。幾個人在異鄉巧遇，又是同去赴考，大雪不能出門，他們便各自在客房看書，或者是聚到一起，圍著火爐交流策論文章。

蘇荏經常和譚椿在一起，相互研討醫術方面的學問。不過研討到一半，譚椿總是找各種藉口溜了——他發現有時候蘇荏說的東西，他竟然接不下去或者是懵懂不知。

這是打他這個師兄的臉！

他自幼學醫，迄今也近二十年，雖然前面十幾年能度吊兒郎當，但後面幾年還是有用心學，特別這一年裡更是不敢鬆懈。

蘇荏學醫滿打滿算都不到五年，竟然就這樣碾壓他了?!若是進京後被大伯父和三位兄長知道了，還不輪流把他訓斥一遍？

譚椿找藉口跑了，自然不敢再遊手好閒，而是回房間翻看醫書，琢磨剛剛的問題去了。

次日雪停了，幾日後雪慢慢消融些，兩路人馬一起進京。

江未歇本與蘇荏一輛馬車，被卞聆硬生生給拉了過去，要和他討論學問，遭譚椿調侃了幾句。

走在前面兩輛馬車上的吳顥和方亨正在朗聲讀書，只有段明達所乘的馬車安安靜靜。

陪著他一起入京赴考的人是段明瑞，他披著厚厚的棉襖坐在車前趕車，久不聽車內的人出聲，他回身掀開簾子看了眼。

段明達靠在車廂上，雙眉緊蹙地盯著車窗外白茫茫一片的雪景。

「二哥，你想什麼呢？」他叩了叩車廂壁問。

段明達恍若未聞，依舊怔怔地望著窗外。

因為就在剛剛的一瞬，他的腦海中閃現了一片雪地，雪地上趴著一個單薄的身影，正痛哭哀嚎，而那人就是蘇荏。

她滿臉的淚水，滿腔的悲痛，滿眼的怨恨……

他看著路邊田地裡的雪，想搜尋更多記憶，但是拚命想，都沒有任何再與之有關的印象。

一次在烏屏山下的茶館，一次是剛剛，兩次能夠抓住的記憶，都是那個姑娘痛苦的畫面。

若真的如住持所言，前世她到底過著怎樣不堪的一生，這些與他又有怎樣的關係？

段明瑞又喊了聲，見段明達依舊沒有回應，便放下簾子，裹緊棉襖繼續趕車。

車廂內的段明達好一會兒才回過神來，微微從車窗探出頭，看著緊跟在後面的馬車。

北上一路走走停停，除夕將近都未能抵達京城。

最終一行人在一個小縣城過了除夕，也算小團圓，並在此地逗留了幾日，初五才啟程。

抵達京城時已經過了上元節，譚椿一行人去譚府拜望譚太醫，隨後幾人得譚太醫相邀住在譚府。

段明達一行人則是住在考場附近的客棧。

蘇荏剛住進譚府，譚太醫便有意無意地測試她的學問。他早就從老家的來信中聽說二老爺收了個女弟子，是有學醫天賦的。學醫苦，特別是對於十幾歲的姑娘來說，更是不容易。

當暗中考了蘇荏一些東西後，譚太醫頗為滿意地點了點頭，短短幾年的時間能夠有這樣的能力，的確難得。

「大伯父，像我和蘇妹子這樣的水準能夠考進太醫司嗎？」譚椿小心試探地問。

譚太醫冷冷瞥了他一眼。

「蘇丫頭問題應該是不大的，至於你，兩可之間。」

「啊？」譚椿驚得失聲輕叫。

蘇荏暗笑了下。

譚太醫剛剛的態度明明就是故意拿話訓他，倒是他，因為見到譚太醫太過緊張，疏忽了罷了。

在譚府內住下來的最大好處，就是有任何疑難不解的問題，都能夠直接向譚太醫請教。

譚太醫也很樂意為她解答。

幾位公子當年都考過太醫司，對於一應流程相當瞭解，也提前和他們說明了考試的情況以及太醫司的人員。

蘇荏總的聽下來，譚太醫與太醫司的人很熟，其中兩位曾是譚太醫的弟子，已經知道今年譚家有兩個後生進學，多少會照顧些，只是雖然不會刁難，考試還是得靠他們自己。

江未歇和卞聆住在一處，考前這段時間一直都在互相溫習書卷或者談論學問。

二月很快就到了眼前。

會試當天，天沒亮，考場外已經圍得水洩不通，有赴考的舉子，有送考的親朋好友，車馬、人員將整條街擠得黑壓壓。
譚椿、蘇荏等人去送江未歇和卞聆一趟，他們去得不算特別早，恰巧是考場大門開啟的時候，考場外的考生們陸續接受檢查進門。
江未歇看著如龍的長隊，他們都是來自大魏各州縣的考生，每個人的臉上寫滿了不同的表情——或擔憂、或緊張、或自信、或期待，讓他心中更加沈重不安。
雖然他的鄉試名次不算差，但那只是在江源府，大魏那麼多的省府，此次會試內容又難了許多，對他來說有些難料。
看著蘇荏，江未歇不想在她面前失了自信，笑著對她道：「我會盡全力，想必不會太差！待我登科……」
看著面前人的眉眼，他嚥了嚥喉嚨，將後面想說的話吞了回去。
蘇荏等不到他下面的話，愣了一瞬，也笑著道：「別的話不說了，祝你榜上有名。」
此時譚椿對卞聆也說完了祝福的話。
卞聆拍著江未歇道：「要進場了。」
江未歇轉頭看了看排隊的考生越來越少，提著籃子和卞聆朝隊伍走去。
走了幾步，他折返回來，衝到蘇荏的跟前，在她的耳邊輕聲低語。「待我登科及第，我要娶妳。」

說完，他轉身跑開，追上卞聆。

蘇荏愣了好一會兒，才怔怔地回過神來，此時江未歇已經走到隊伍的後面，對她一笑。

蘇荏也不由得笑了，只是心中依舊不是那麼暢快。

譚春跑過來問她剛剛江未歇說了什麼，她笑而未答。

目送江未歇和卞聆兩個人走進考場大門，兩人正準備離開。

蘇荏轉身，瞧見段明達迎面走來，他一臉憔悴，沒有什麼精神，一副尚未睡醒的模樣。

他瞧見她時，只是微微點頭一笑，匆匆入場。

會試三場，一場三天。其間，蘇荏也在忙著準備太醫司的相關考試。

會試結束後，考生們可以放鬆一回，茶寮、酒肆甚至秦樓楚館進出的讀書人最多，城內、外的街道和著名景點也不例外，讓京城更加熱鬧起來。

蘇荏和譚椿悶頭對著醫書看了這麼多天，也正想放鬆，於是連同江未歇和卞聆，在譚三郎的相陪下，於京城內好好玩了一圈。

京城吃喝玩樂的地方很多，城內、城外有名的景點也不少，但是幾個人都不敢鬆懈。

蘇荏和譚椿還要準備太醫司考試，而江未歇和卞聆還不知道會試的結果，若是登榜還要進行殿試，自然也不敢太過放肆遊玩。

另一邊的段明達等人也是抱著同樣的心思。

眾人均是心懷忐忑，靜不下來讀書，玩又不能放開，心事一直懸著，直到三月會試的結果出來。

一大早，會試榜牆前就擠滿了人，裡三層、外三層，人聲鼎沸。哭聲、笑聲、哀嘆聲、尖叫聲混雜一起。

有人手舞足蹈，有人捶胸頓足，有人垂頭喪氣，可謂人生百相一時盡顯。

江路和卞家的一個小廝擠到榜牆前去看，江未歇等人則在遠處茶樓裡等候。

好一會兒，江路笑著跑上樓來，樂得嘴巴都合不攏。

「小郎，第六名、第六名！你得了第六名！」江路強調了好幾遍，對著他哈哈大笑。

江未歇愣了一瞬，立即看向身邊的蘇荏，一把抓著蘇荏的手，激動地說：「荏妹妹，我中了！」

江未歇大笑出聲。

他中了，中了！仕途近在眼前。他可以娶她，給她錦衣玉食，給她一世的安穩，讓她此生再也不受風雨。

他激動地將手握緊，完全沒有意識到自己的失態。

努力了這麼多年，終於可以將最好的自己給她，也終於可以配得上這個在他心中如神佛一樣的姑娘。

蘇荏也跟著激動起來，一時竟說不出什麼話來。

此時卞家的小廝也跑上樓來，氣喘吁吁地道：「公子，中了！」歇了一口氣。「五十八名。」

卞聆和江未歇互道恭喜，蘇荏和譚椿也對著兩人連連恭賀。

茶樓的夥計忙過來換茶水，一臉諂笑。「恭喜兩位公子，前途無量，仕途亨通！」

江路立即從錢袋裡掏出了碎銀子給小夥計打賞，譚椿也摸出碎銀子遞過去，夥計喜孜孜地再次恭賀。

周圍的茶客聽到這邊有人登榜，跟著湊上來一通祝賀道喜，甚至問這、問那似有目的的打探——何方人氏？年齡幾許？是否婚配？

片刻聽到樓下喧譁吵鬧，原來是一位落榜的考生因為心裡不痛快，對著夥計挑刺，然後鬧事。

茶樓的掌櫃和夥計顯然已經不是第一次見到這種事情，處理起來手段老練，很快擺平了。

茶樓外的街道上依舊熱鬧非凡，來來往往的考生不斷。

他們離開茶樓的時候，段明達和兩個同窗正好從對面的酒樓走出來，幾人在大街迎面相逢。

段明達他們三人的臉上皆沒有一點喜色，這倒是讓人有幾分詫異。

吳顥和方亨鄉試名次靠後，會試則在兩可之間，若是真的落榜了，也沒什麼好奇怪的。

但是段明達斷然沒有落榜的可能，最多只是名次不好罷了，為何眉間愁色如此？

走在側面的江路也瞧見對方的臉色，小聲地對幾人說：「段二郎取得了第七名，僅次於小郎。」

眾人也就明白了，童生試三場，段明達都以一個名次輸給江末歇，於小三元無緣。兩人本就有暗中較量的意思，會試竟然又以一個名次排在江末歇後面，命運就好像在故意捉弄段明達，讓他永遠被江小郎壓著一頭，心中自然不暢快。

江末歇聞言笑道：「恭喜段二郎。」

段明達笑得勉強。「江小郎、卞公子，同喜同賀！」

吳顥和方享兩人均落榜，情緒低落，面對另外兩個登榜之人，心中更不是滋味，皮笑肉不笑地拱手道賀後，便藉口有事，拉著段明達匆匆離開。

蘇荏等人剛準備擇道回府，忽然聽到身後茶樓上有女子嬉笑的聲音，她無意識轉頭看了眼。

一間臨街的雅室，窗前站著兩位女子，一位頭戴帷帽，一位侍女打扮。

侍女朝蘇荏身邊指了指，嬉笑著對身側的女子說著什麼。

因為街道太嘈雜難以聽清楚，再加上女子有帷帽遮擋，也看不清楚容顏。

回到譚府後，卞聆就第一時間寫信給譚惜，將自己會試登榜的好消息告訴她。江未歇也立即寫信給家裡人。

譚太醫聽聞二人登科，在府內設宴，好好為二人慶祝。

隨後不知外人從哪裡得知譚府上住了兩位登科貢士，明著、暗著有人前來打探。

這種事情很尋常，譚太醫並沒有放在心上。畢竟每次會試結束後，總會有一些高門富戶想與這些登榜的貢士結親，或賞識某個後生的才學而收為門生。特別是殿試後，他們對於一甲的進士更甚，往年甚至還有公主下嫁新科狀元。

江未歇和卞聆兩人則是全身心投入到殿試的準備中，無心顧及這些，自然不知道那些前來打聽的都是何人。

四月的京城天氣，竟顯露出夏天的悶熱感。

天未亮，譚府的下人已經醒來，因為今日是譚椿和蘇荏前往太醫司入考的日子。

蘇荏早早起了床，然後收拾、準備考試需要的一些東西。

天剛亮，吃過早飯後，蘇荏和譚椿在江未歇、卞聆的陪同下前往太醫司。

一路上，蘇荏緊張不安，心中忐忑。

這是她生平第一次面臨著這麼重要甚至可能決定命運的考試。

她雙手相互揉搓或者摳著袖口，呼吸時緊時緩，不時舔著雙唇，神色凝重。

江未歇抓著她的手，輕輕地拍了拍，安慰道：「沒事的，不用緊張，譚太醫都說妳考上太醫司沒問題，而且昨日譚太醫考妳幾個問題，妳都可以完整無誤地答出來，我相信妳一定能考上，妳也應該相信自己。」

蘇荏的手攥更緊了些，微微地點了點頭，緩緩呼吸了幾口氣，她想要讓自己的內心平靜下來，放鬆精神和情緒，但那顆心卻一直怦怦狂跳，似乎有什麼不好的事情要發生。

譚府距離太醫司並不遠，不一會兒就到了太醫司的門口。

下了車，看到匾額上三個大字，蘇荏忽然覺得很親切，心也慢慢平靜下來。

譚椿瞧見她的神情自然，有些訝然。太醫司是她一直心心念念想要考入的地方，現在竟然沒有一點緊張。反觀他自己，對太醫司的嚮往不是那麼強烈，心中卻緊張起來了。

太醫司的考試不比科舉會試，不能走上仕途，最好的前途也不過是進太醫院罷了，且學醫費時費力又辛苦，所以前來赴考的人並不多。

江未歇見蘇荏不再那麼緊張，也稍稍安心一些，對蘇荏鼓勵了一番。

蘇荏和譚椿進了太醫司後，江未歇和卞聆在外面等著。

太醫司的考試雖然不比會試，卻也需要一天的時間，江未歇和卞聆進了街道旁邊的茶樓，一邊等一邊納涼，順便聊一聊三日後的殿試。

兩人在二樓一處臨窗的角落坐下，正好能看到太醫司門前的動靜。

近晌午的時候，外面天氣越發熱了，茶樓裡的客人也越來越多，茶客滿座。

此時，一位年輕的書生走上樓來，見四周沒有空位，便朝兩人的桌子走了過去。

「不知此處可方便在下喝杯茶？」書生笑問，京城口音。

「公子請便。」江未歇說。

那書生也不再客氣，從袖中取出絲帕，撣了撣長凳坐下來。

江未歇和卞聆有些詫異地互相看了一眼。

他們知道京城的公子哥兒們嬌貴，嗜好也多，卻沒想到面前的書生竟有這般潔癖。

此時已有夥計端上香茶和兩盤點心過來。

「王公子，請慢用。」

書生顯然是店裡的常客。他悠然喝了口茶，看了面前的二人一眼，笑著說：「兩位公子想必是前來赴考會試的。在下王璞，京城人，聽兩位口音不似京城人，不知來自何處、怎麼稱呼？」

江未歇和卞聆又是詫異，覺得面前之人此問有些突兀，卻依舊禮貌回應。

「原來是江公子和卞公子？幸會！幸會！」

王璞笑著對兩人拱了拱手，接著就和兩人攀談起來。

兩人方知王璞此次會試落榜，但從他的神態舉止來看，卻沒有絲毫因為落榜而傷心、難過或者是惋惜的情緒，好似會試落榜只是一件無關痛癢、不值一提的事情，讓二人頗感疑惑。

王璞打開話匣子就一直喋喋不休，是個善談之人。

他們心中猜想，或許王公子心胸豁達，所以想得開。

「瞧江公子不過弱冠年紀，想必還未婚配。」王璞忽然話題轉到此。「京城才貌雙全、德藝雙馨的姑娘如雲，在下為江公子介紹如何？」

「多謝王公子的美意，在下已心有所屬。」

「哦？那倒是可惜了！」

江未歇一愣，這話說得甚是無禮，他臉色也微微冷了幾分。

王璞也意識到自己言語有失，忙笑著打趣說：「沒能夠與江公子這樣年輕有為、英俊風流的人攜手白頭，對於京城的姑娘來說不就可惜了嗎？」

這話雖然不特別中聽，但江未歇的心裡還是舒坦了一些，也沒有再接話，以防對方又要扯出什麼不相關的事情來。

王璞似乎沒有將此話題斬斷的意思，依舊說道：「不知哪家的姑娘，這麼有福分？」

江未歇笑答。「是在下的福分。」

他不再多說什麼，目光卻透過窗戶朝太醫司的方向望去，心想：這輩子她就是他最大的福，若是沒有她，他連命都沒有，又何談其他呢？

他想給她安穩富足的生活，想讓她一輩子無憂無慮地活著，想讓她忘掉前世所有的怨恨與痛苦，想庇護她一生一世。

他不想讓她那麼辛苦的學醫，但他知道這是她的夙願，他無法勸阻，只能支持。

江未歇微微地抬頭看了看天色。

這個時辰不知道荏妹妹是否已經考完了？考得怎麼樣？

他只希望她一切如願。

面前的茶壺已空、點心已盡，王璞還沒有要走的意思。

江未歇沒有想與對方繼續聊下去的心思，便找了個藉口離開，卞聆也一同起身告辭。

看著江未歇兩人出了茶樓、朝太醫司的方向而去，王璞若有所思，然後移開目光朝對街的客棧望去。

對面客棧二樓的窗前站著一位女子，頭戴帷帽，正是發榜那日茶樓中臨窗所立的那位。

王璞匆匆離開茶館，去到對面客棧。

第三十五章

太陽西斜，蘇荏和譚椿從太醫司走了出來。

蘇荏一臉平靜沒有展露情緒，譚椿卻是眉頭微皺。

一眼看出譚椿定然是沒有入選，卞聆走上前拍了拍他的肩頭安慰，並拉著他朝馬車走。

「先回去吧！」

江未歇急忙走到蘇荏的身邊，想開口詢問她結果，瞧見她臉上沒有什麼喜色，怕她難過又不敢問，只道：「餓了吧？咱們先回去吃點東西。」

蘇荏「嗯」了一聲，隨著江未歇上了馬車。

回到譚府，譚三郎在門口立著，看兩個赴考的人臉上都沒有什麼喜色，心中有些詫異，連大伯父都說蘇荏和譚椿考太醫司沒有太大問題，不可能兩人雙雙落選。

「出了什麼意外？」譚三郎立即想到是發生了變故。

「嗯！」譚椿點了點頭。

「怎麼回事？」譚三郎不由得緊張起來，拉著譚椿就朝前堂去。

譚椿掙扎了一下，甩開譚三郎的手，忽然噗哧地哈哈大笑起來，把在場的人都嚇得愣了愣。

譚三郎疑惑地看著卞聆和江未歇等人。

卞聆和江未歇均是微微地搖了搖頭。

譚三郎又看向蘇荏。

未待蘇荏開口，譚椿又大笑一陣。「我入選了！我竟然入選了！哈哈哈！」

眾人又是一驚一愣：莫不是瘋了吧？

蘇荏笑著點了點頭。「是的！四公子和我均是當場入選！」

「那你們……」卞聆一臉疑惑。

自太醫司到譚府的一路上，兩個人均沈著一張臉，完全看不出任何入選的高興跡象。

譚椿搶過話說：「我讓蘇妹妹陪我一起演的一齣戲，就是為了嚇唬嚇唬你們，逗你們玩。」

「荒唐！」譚三郎嚴肅地教訓一聲。「讓大伯父和爹知道你這樣，必把你罵一頓不可。」

譚椿樂得開懷大笑。「他們知道我考入了太醫司，高興都來不及了，怎麼可能因為這點小事來罵我？」

譚三郎狠狠瞪了他一眼。

「今日的十道考題，參加之人中唯蘇妹妹答對最多，對了九道題。」譚椿又得意洋洋地對卞聆和江未歇說：「蘇妹妹算是太醫司選考的狀元了！」

卞聆白了他一眼。「不知你有什麼好得意的，你不應該感覺到羞愧嗎？蘇姑娘都考得比你好！是不是打你的臉？」

卞聆知道他的性情，不會因為這點玩笑而生氣，所以說話就毫不客氣。

眾人跟著笑了。

譚椿冷哼一聲，猶自高興。

江未歇喜形於色地拉著蘇荏的手。看著她終於夙願以償，他竟激動得說不出話來，只能看著她傻笑。

譚大夫聽聞蘇荏和譚椿二人都入選太醫司，十分高興。他交代譚三郎給他們講一些入太醫司前需要準備的事情，以利下個月進太醫司學習。

三日後，江未歇和卞聆去參加殿試。

蘇荏去送兩位時，在宮門外再次遇見那日茶樓上頭戴帷帽的姑娘。

她裝扮依舊，仍看不清容貌，但從衣著和舉止可以看出出身非富即貴。

蘇荏的心中略有不安，兩次的巧遇，她總覺得似乎意味著什麼，好像有什麼要發生了。

那女子注意到她的目光後，對她稍稍點了點頭，然後在身邊女婢的攙扶下離開。

譚椿注意到這邊的情況，調笑道：「應該也是來送考的，說不定裡面哪位就是她的情郎呢！」

蘇荏心中稍稍安穩了。

傍晚，江未歇和卞聆從宮門內出來，兩人面帶微笑，似乎考得不錯。

然而，與他們同行的段明達卻沒有幾分歡顏。他比前段時間清瘦了些，精神更加不振，眉頭緊緊皺著，似有解不開的煩惱。

走到跟前，蘇荏只是微微點頭一笑，然後便和江未歇、卞聆說話。

段明達一直看著她，眼睛微微一瞇，表情抽了下，忙伸手按住頭，似乎很痛苦。

「怎麼了，二哥？」段明瑞忙走過來扶著他。

「沒事。」段明達吃力地擺了擺手。

江未歇和卞聆也立即關心地詢問情況。

「可能太累了，無大礙，我先告辭了。」

段明達歉意地向眾人欠了下身，然後在段明瑞的攙扶下朝自家馬車走去。走了幾步，他微微回首，再次看了眼蘇荏，伸手又按了按頭。

蘇荏和江未歇等人也說說笑笑地上了馬車，就在踏上馬車的那一瞬，蘇荏再次看到那個頭戴帷帽的女子在不遠處，她正盯著這邊，注意到蘇荏的目光後，才帶著侍女轉身離開。

在馬車內坐下後，蘇荏撩起車簾朝外看，卻已不見那個帷帽女子，心裡的不安再次湧了出來。

「荏妹妹，怎麼了？瞧見了什麼？」

瞧她神色不對，江未歇關心地問，同時也透過車窗朝外望，並沒有發現任何異樣。

「沒什麼。」蘇荏故作輕鬆地笑了笑。

一路上，蘇荏都無精打采，那個帷帽女子的身影在心中揮之不去。

江未歇瞧見她這般模樣，想打開話題轉移她的注意力，但是蘇荏興趣不大，他也不再說話，默默陪著她，偶爾開解一、兩句。

在等待殿試結果的這些天，蘇荏哪兒也沒去，一直待在譚府自己的臥房。

江未歇想帶她出去散散心，皆被她婉拒。

這讓江未歇更加不安，詢問她原因，她只說天氣悶熱不適應、不想動。

他看得出來這是藉口，但是蘇荏不願說，他也不想強逼著問，這些天也沒有和譚椿、卞聆出門放鬆，一直陪在她身邊。

蘇荏心中的不安與日俱增，她不知道這不安是因為江未歇，還是那個女子抑或是其他，但她隱隱覺得自己將會面臨一場不幸。

放榜那日，蘇荏陪著江未歇去看榜，卻心不在焉。

聽到江路激動地歡叫著江未歇中了一甲第三名探花，周圍的人一片恭賀道喜之聲，她也跟著歡笑，內心卻沒有那麼喜悅，似乎那份喜悅被什麼強壓下去了。

隨後朝廷之人登門報喜，狀元、榜眼、探花遊街，赴瓊林宴等等，江未歇和卞聆一直忙著應付，連帶譚府上下都張燈結彩，門庭若市。

所有人都跟著高興歡鬧，唯獨蘇荏高興不起來，也沒有心情去打聽外面的事情。

江未歇很多時候和她說話，她也是左耳進，右耳出。

恰巧過兩日要入太醫司了，蘇荏這幾日開始準備，手頭上有些事情做，那種不安才稍稍緩解了些。

入太醫司的當天，江未歇因為有其他事沒有相送。

譚椿一路上看她精神委靡，好幾次開口想說什麼，最後都嚥了回去，將話題轉到太醫司的事情上。

第一天入太醫司，只是報到並無其他事宜，同學們相互見面認識。譚椿是貪玩的性子，和其他同學很快就熟絡地打成一片。太醫司內的女子寥寥兩、三人，且都是前輩，蘇荏更多時間是找個安靜的地方獨坐，忽然聽到身後的遊廊中有人說話。

「聽說吏部侍郎王大人的千金看上了今年的探花郎，有意招他為婿。」

「聽說王小姐是京城出了名的才貌雙全，人人都以為她將來要嫁給王侯公子，怎麼瞧上了探花郎？」

「那探花郎樣貌甚是俊美，前幾天我親眼瞧見，也難怪王小姐會動心。年輕有為、才華出眾、樣貌人品不俗的公子哪個姑娘不喜歡，別說姑娘了，男人都喜歡。」

兩人笑了幾聲。

「聽說那探花郎出身寒微，王大人就不介意？」

「這誰知道呢！不過有王大人這個吏部侍郎在，還怕不能把探花郎的女婿給提拔起來？」

「你說得倒也是，這探花郎不知道上輩子修了什麼德，這輩子有這麼好的福報。」

兩個人逐漸走遠，但是他們的話卻深深烙在蘇荏的心坎上。

她想到了那個帷帽女子，想來就是同學口中所說的吏部侍郎千金王小姐吧？

蘇荏的心情忽然沈入潭底。她沈思了許久，長長舒了一口氣，自嘲地苦笑。

自己不是本來就不在乎嗎？

他能有更好的前途，不是該為他高興嗎？怎麼自己反而失落難過起來了？

難道自己真的對他動心了嗎？

細想著這一年來他們之間的事情，發現自己的那顆心早已經不再平靜，已經為他牽動。

回到譚府，江未歇正從外面回來，走了過來，張口似乎有什麼話想和她說，最後卻變成了一句。「今日入太醫司可還順利？」

「嗯！」蘇荏點了下頭，然後朝後院的房間走去。

江未歇瞧她臉色不對，立即地跟了過去，心中也在揣測，她是不是已經知道王家的事情了？

這幾天他也一直在應付此事，不希望她多想所以沒有跟她說，打算等自己處理好再告訴她，免得她操心。

他正在猶豫，要不要此時將這件事情告知她，忽然江路在身後喊他，說是宮裡頭來人，讓他過去。

江未歇也不敢耽擱，安慰了蘇萿兩句，便轉身離開。
蘇萿看著江未歇的背影，滿眼的失望，長長暗嘆一聲。
江未歇當上探花郎，如今又得吏部侍郎看重，無論好壞，事情算是有了結果，她以為心中的不安會逐漸消失，沒想到反而越來越強烈，甚至夜難安寢。
第二日蘇萿正式入太醫司學習，接著每日早出晚歸，好幾日不見江未歇的身影，只是聽譚椿說他被授官，這一陣子都很忙，就再沒聽到其他事情。
又過幾日，聽到江未歇要搬出譚府的消息，這也無可厚非。她能夠藉著譚家弟子的身分住在譚府，但江未歇畢竟不同，現在又授了官職，更加不方便，只是目前還沒有找到合適的住所。
江未歇和吏部侍郎千金的事，蘇萿也不再去想了。喜歡也罷，不喜歡也罷，她這輩子都不想再把精力浪費在上面，她要把心思全放在太醫司的學業上。
這日，譚椿要和太醫司的同學去喝酒玩鬧，蘇萿便一人回去。出太醫司時，無意間瞧見不遠處的茶樓，忽然想到譚太醫前兩天提到這家的點心味道不錯。她讓車夫在原地稍等片刻，打算去買兩盒點心孝敬譚太醫。
剛走到茶樓門口，遇到從裡面走出來的段明達。

一段時間沒有見，他依舊那副病殃殃的樣子，臉頰削瘦得沒有一點肉感。

「蘇妹妹。」他笑了下，目光溫和。

「段二郎怎麼在此？」

左右瞧了瞧，沒有見到其他相熟的人。

「恰巧路過，進來坐了會兒。」

蘇荏點頭，指了下櫃檯示意自己還要買東西，不再與他多話，便徑直去了櫃檯。

待她買完東西，轉身瞧見段明達依舊站在原處，正盯著她看。

遲疑片刻，她走了過去，禮貌性地笑問：「段二郎有事？」

段明達猶豫了下，支吾兩聲問：「江小郎和王小姐的事情……」

他沒有說完，等待蘇荏的反應。

蘇荏頓了頓，點下頭。「我聽說了，若是沒有其他的事情，我就先告辭了。」遲疑了一瞬，見段明達沒有開口，便轉身離開。

出了茶樓，朝太醫司門前望去，竟不見車夫。她問了旁邊的人，說是被一個年輕人叫走了。

她想，應該是譚椿臨時有什麼急事，把車夫給叫去了。

所幸夏日天黑得晚，距離譚府也不算太遠，步行回去不需要太長時間。

穿過一條街，蘇荏感覺到身後似乎有人在跟蹤，但轉過身，只見街上來來往往的行人，沒有發現可疑人物。她心中有些不安，加快了腳步。

在穿過兩街之間的石拱橋時，她忽然感覺後腰間被什麼扎了一下，還沒來得及回過頭，就感到頭腦暈眩，視線昏暗，身子一歪，一頭栽進橋下的河水裡。

蘇荏最後的意識，是聽到岸邊有人歇斯底里地喊她的名字，似乎是兩道重疊的聲音。

橋上之人見到有人落水立即湊過去，還未來得及看清狀況，就瞧見河道左右兩邊，分別有一名年輕人縱身跳進河中。

街道上的人也立即圍了過來，頓時河岸四下皆是人群。

「蘇妹妹！」

先游到蘇荏身邊的人是段明達，他一把撈起慢慢沈下去的蘇荏。

看著懷中的人，已經沒有意識。

一張小臉慘白，額角鮮血溢出，順著臉上的水紋暈染。眉睫盈盈水珠，雙眼緊閉，只有微弱的氣息。

他抱著人正準備朝河岸邊游，一瞬間，腦海中閃現出了同樣的畫面——他身在河水中，懷中抱著一個人，蒼白的臉、緊閉的雙眼。

那個人不是別人，正是蘇荏。

唯一不同的是，腦海畫面中的蘇荏比此時更加清瘦、年長、臉上有一道傷疤，眼角有皺紋，她已經沒有了氣息。

他仔細去看清楚腦海中的人。

沒有錯，就是此時他懷中的蘇荏。

緊接著，他的腦海中又浮現出蘇荏或哭泣，或皺眉，或靜坐，或憤怒，或咆哮……的畫面來，每當畫面掠過，心就更加疼痛。

接著，畫面中又出現了一座靈堂和五口棺材，他清晰地看到每一座靈牌上的每一個稱呼、每一個字。

緊接著，他對於這一切的前因後果都有了記憶和意識。

蘇荏——他的長嫂，親手毒死了他的母親、兄長和妻子，然後抱著夭折的女兒投河自盡。

他如遭雷擊，怔怔地愣在河水中。

「呀！這兩人不會游泳啊！」橋上忽然有人大喊。

段明達才回過神來，河水已經淹過蘇荏的頭。他立即清醒，再看著懷中的人兒，淚水瞬間流了下來，緊緊抱著她朝岸邊游去。

撲騰了幾下，聽到橋上還有人在喊。「趕緊救人！趕緊救人！後面那個不會游泳！」

段明達回頭一看，才瞧見另一邊跳入河中的人是江未歇。

江未歇幼年多病，最怕陰寒，所以並不識水性。

段明達看了看懷中的蘇荏，一時心焦，又有些氣恨江未歇，不會游泳還往河裡跳。他非孔武有力之人，斷沒有能力同時搭救兩人。

此時忽見一人縱入河中去救江未歇，他稍稍安心，抱著蘇荏游上岸。

蘇荏早已不省人事，他立即施救。蘇荏吐了幾口水，依舊沒有醒來。他忙抱起蘇荏前往附近的醫館。

江未歇雖然嗆了好幾口水，好在人還是清醒的，一上岸立即追了上去。

圍觀的百姓瞧著兩名年輕的男子搶著救一個姑娘，猜到裡面必然有內情，有好事者跟著過去看熱鬧。

醫館的大夫看見三人全身濕透，尤其被抱著的姑娘臉色慘白滲人，心下一緊，忙過去察看情況。

江未歇和段明達兩人心焦如焚，頻頻向大夫詢問蘇荏的情況。

大夫專心醫治，沒有搭理二人。

過了片刻，大夫才瞧向兩人，說：「這位姑娘雖然嗆了些水，但好在搶救及時，沒有什麼大礙，額角只是輕傷，不過該姑娘身中迷毒。」

二人一聽中毒，驚駭不已，擔憂更深。

大夫寬慰。「普通的迷毒。不致命，只是會瞬間讓人昏迷、無知覺而已，半天的時間就能醒來，對身體無損害。」

兩人雖稍稍寬慰了一些，仍舊憂慮。

對蘇荏下手之人，明顯是要置她於死地，又想製造是她自己不慎落水身亡的假象。

兩人相互看了眼，蘇荏來京城不久，沒有與任何人結下仇怨，何人想要她死？

一瞬間，兩個人目光晶亮，都想到了一個人。

但是兩人又都猶豫了，覺得自己是不是猜錯了。

一個姑娘家怎麼會如此心狠手辣？可除了她，他們再也想不到還會有誰能下此毒手。

不一會兒，譚椿和太醫司的幾個同學趕了過來。

他們本來在附近的酒樓，聽到橋上有人落水，好奇地派人過去瞧一瞧，沒想到竟然是蘇荏，就立即到醫館看望。

第三十六章

蘇荏被接回譚府後不久就醒來，一看到段明達在場，相當意外。

眾人湊上前詢問她發生了什麼事，又是何人推她下橋。

蘇荏根本不知道，只感覺到後腰被人扎了一下，她的腦袋已經昏沈，沒辦法看清楚是何人下手。

她疑惑地看向段明達，沒想到當時跳下去救她的人，除了江未歇，還有他。

段明達一直愣愣地看著她，目光有幾分打量，又摻著複雜的情緒，眉頭慢慢擰成川字，略顯痛苦。

若非他的舉止沒有任何異樣，蘇荏甚至認為他可能受了重傷。

「多謝你們。」蘇荏的聲音有幾分沙啞。

段明達似乎在出神，沒有回應。

已經入夜了，段明達不便久留，稍晚就向眾人告辭，離開譚府。

一路上他的腦海中全是那些奇怪的畫面，陌生又熟悉，他清楚地認知到那些畫面在自己的人生中並沒有發生過，但又感受到似曾相識、刻骨銘心的痛。

他按了按自己的胸膛，好似針扎一般。腦海中那五口棺材、五個靈牌、五種稱呼，最詭異的莫過於蘇曉豔和蘇荏，前者是妻，後者是嫂，這完全不是真的，可一切似乎又都是真的。

這就是住持說的前世？

隨之而來的記憶如潮水一般，那撕心裂肺的痛更加真實徹骨。

前世他愛的人是蘇荏，是自己的嫂子，可他不能亂了倫理，最後在父母的安排下娶了蘇曉豔。看著蘇荏和孩子在兄長的暴力下偷生，在母親和妻子的刁難責辱中苟活，而他除了暗中相助別無他法。

直到她最後一個孩子因為無藥可治而終，她隱忍了十幾年的仇恨一次爆發，成了瘋狂的報復，她在他們的飯菜中下了毒，然後結束了自己的生命。

他當日因為有事不在府中用餐，如果當時他也在，或許和母親、兄長和妻子一樣下場吧？

她恨段家，她的確該恨，包括恨他。是他懦弱無能，沒有勇氣擺脫那樣的家人，也沒有膽量去阻攔、勸止他們的殘忍，沒有救她與她的孩子，也沒有勇氣去愛她。

所以他得到報應，失去了親人，失去了愛人，隨後幾年又接連失去了子女，餘生漫漫幾十年，他一個人孤獨終老。

這一世，前面的十幾年一如前世，直到五年前一切有了不同——從自己的兄長落水被救之後，江未歇及時地被搶救回來，江家和蘇家沒有徹底決裂，而他的兄長娶了蘇曉豔……

他隱隱覺得好似有一雙手在撥弄著一切，把前世今生重疊的軌跡忽然撥向另一個方向，所以這幾年一切都不同了。

江未歇還活著，蘇荏沒有家破人亡，而自己前世的髮妻蘇曉豔卻成了嫂子。

段明達一路沈思，不知不覺到了居住的小巷子裡，眼前漆黑一片。

他忽然想明白了——那雙手是蘇荏！一切的轉折都是因為蘇荏，是她改變了原本的軌跡！

夜已經深了，譚太醫等人不便多逗留在蘇荏的閨房，囑咐她好好休息後相繼離開，最後只剩江未歇留下。

蘇荏看他似乎有話說，安靜地靠在床頭等著他開口。

今日他能出現，甚至不顧一切想要救她，出乎她的意料。

這些天他似乎一直都很忙，時常見不到人。如今又被吏部侍郎看中，必然有更多應酬，無暇顧及其他。

江未歇坐到床前的小几旁，凝眉看著她，瞧見她眉眼間既沒有遭人暗害後的心有餘悸，也沒有劫後餘生的歡喜，似平常一般平靜。

從她的目光中看不到情緒，他卻第一次感到如此害怕。

沈默了好一陣子，他開口說：「妳別害怕，也別擔心，我會查清此事。」

蘇荏頓了下，道了聲謝。

她心中清楚這件事並不是單純的意外，是有人刻意為之，想置她於死地。

她來到京城後一直與人為善，根本沒有得罪任何人，哪怕是小磨擦都沒有，不可能結下什麼仇怨。

若是有人怨恨她，那最大的可能就是吏部侍郎之女。

「我有些不舒服，想早點休息。」她輕聲說。

江未歇知道這是蘇荏的藉口，如今他和王小姐的事情全京城的人都知道，蘇荏肯定也聽說了，所以對他態度如此冷淡。

他張了張口，想要解釋，但深知解釋對蘇荏來說毫無意義，他要做的是徹底解決這件事情，給蘇荏一個結果，讓她安心。

「妳好好休息。」江未歇最後囑咐了一句，便離開了。

蘇荏躺在床上，看著漆黑的帳頂，想著傍晚落水的事情，心情沈重。

如果始作俑者是王小姐，對方父親是吏部侍郎，自己無權無勢且毫無證據，根本不能夠將對方如何。

即便有了證據，自己一個平頭百姓又怎麼和朝廷大員相抗？

想到這裡，她感到自己特別無助，甚至有些不安。

對方一次不得手，難保不會有第二次、第三次，她唯一能做的就是小心提防，慢慢地想其他解決的辦法。

因著昨日落水的事情受了驚嚇，次日，蘇荏被眾人相勸，留在譚府休養一日，譚椿幫她向太醫司請了假。

午後，蘇荏坐在院子的花架綠蔭下溫習太醫司所學。

譚三郎笑嘻嘻地走過來，瞧她精神不錯，笑著遞給她一封信。「妳家裡人的來信，這信來得可真是時候，撫慰妳昨日的驚嚇。」

自從去年末離家，她這半年與家中往來的信件都是透過譚家人傳送。

蘇荏看了眼信封，就知道是小弟寫來的，他的字依舊歪歪扭扭。

「多謝三公子。」

蘇荏接過信並拆開來讀。

不似前幾封冗長，密密麻麻寫了許多事情，此信只有寥寥幾句話，且說了一件事：外翁病重。

小弟雖然沒有在信中詳細說明病情，但她猜想情況必然不容樂觀。

她發現自己的心越來越慌，這段時間來那種不安更加強烈，似乎有什麼不祥的預兆。

此時她才明白，一直以來的擔憂、不安，並不是為了別人，是因為外翁而讓她的心更加懸著。

當初離開的時候，外翁的身體和精神狀態都很好，但是她卻無法不去擔心、不去掛念、不去猜想。

譚三郎瞧見她的臉色變化，擔憂地問：「可是出了什麼事？」

蘇荏將信再看了一遍，微微抬頭。「外翁病重。」

遲疑了下，她鄭重地說：「我要回鄉。」

譚三郎愣了下，問：「回鄉？」

「是！我必須回鄉。」

譚三郎看她神情緊張擔憂，猜測所謂的病重，恐怕更多的是病危。

李郎中年過六旬，去年又摔了一跤，這的確不是小事。

「什麼時候走，我安排人送妳。」

「我……」她的心更加慌亂了。「我想此刻就走。」

蘇荏帶著幾分懇求地看著譚三郎，畢竟是要麻煩對方。

譚三郎猶豫了稍許。

這個小師妹每次提到自己外翁時，眼中總帶著深深的敬愛與深情，讓他想勸說的話嚥了回去。

「我幫妳準備車馬。」

「多謝三公子。」

蘇荏深深福了一禮。

譚三郎轉身離開後，蘇荏也立即回屋收拾東西，然後辭別了譚大夫，並讓譚三公子代為和譚椿、江未歇等人說一聲，隨即和車夫還有一個送信的僕人啟程，不多作耽擱。

出城不遠，天就黑了下來。

他們連夜趕路，最後馬兒累了，他們才在京城邊界處一個小鎮子投宿。

次日，天明又立即趕路，行路不過半個時辰，車馬進入一片樹林。

此時，太陽已經升上地平線，透過茂密林木斜照在道路上，讓林間的視線清晰許多。

馬車正在疾馳，忽然從前方兩側的樹林中衝出一隊人，手持武器攔住了去路。

車馬被迫停下，蘇荏險些栽了跟頭，立即詢問出了何事，同時拉開車窗簾子察看外面情況。

七、八個身形慓悍的漢子，滿臉凶相，或是提著長刀，或是扛著闊斧、大鐵錘，一副開戰的架勢。

蘇荏聽說過這種事——山匪劫道。

騎在馬背上的僕人，立即對幾位山匪拱手作揖道：「請各位大哥通融，我們只是回鄉探親的尋常百姓，實在沒有什麼值錢的東西。」

僕人從自己馬背上的包裹裡掏出一個銀錢袋子拋給山匪頭目，再次以懇求的語氣道：「這是全部的銀錢了，讓幾位大哥買酒，還請諸位行個方便。」

頭目掂了掂錢袋子，撇嘴冷笑一聲，隨手丟給身邊的兄弟。

「這還不夠大爺我吃頓飯。」頭目朝前走了幾步，歪著頭對馬車道：「大爺我剛剛瞧見車裡有個姑娘。把姑娘留下，老子放你們走。」

僕人朝馬車看了眼，慌忙道：「我妹子染了癆病，如今病況嚴重，這才急著回鄉探親。幾位大哥，莫說你們了，就是我都遠遠躲著怕染了病。」

蘇荏在僕人說到癆病的時候，便立即配合地咳嗽了好幾聲，待僕人話說完後，又是咳嗽了好些聲。

頭目朝馬車看一眼愣了愣，轉身看向身後的幾名兄弟，走回去和他們嘀咕了幾句，面上表情怪異。

蘇荏透過車簾的縫隙朝外看，幾個山匪似乎商量著什麼，很快就商量定了。

頭目轉過身，一臉不屑的冷笑。「老子可不信！」說完，讓手下的兄弟去搶人。

僕人和車夫見無法說服對方，立即揚鞭朝前衝，想衝散七、八個人的阻攔逃掉，最後兩匹馬都被幾個山匪砍傷。

馬車猛然顛簸，差點翻了過去，蘇荏狠狠地撞在車壁上，頭撞得嗡嗡作響。

當她從疼痛中緩過來，車夫和僕人已經和山匪打成一團，但兩個人哪裡是山匪的對手，一個對付三人很快就敗下陣來，剩下頭目和一名山匪走到馬車前。

一撩車簾，頭目踏到車上來。

「的確是個美人兒。」

頭目滿意一笑，伸手一把抓住蘇荏的手臂，將她從車中拽到車外，從車上扯到車下。

「放開我，我真的有病……」

「妳以為大爺我傻呢？妳這力道、模樣哪裡像是有病的，就是有病，大爺我也認了！」

蘇荏拚命掙扎，但她哪能掙脫兩個彪形大漢的箝制。

此時僕人和車夫已經被打趴在地上動彈不得。

「救命——」蘇荏見謊言無效，只能扯破嗓子拚命吶喊。

剛喊兩、三聲，頭目一把捂住她的嘴。

另一個山匪撕下一塊布塞進她的口中，讓她「嗚嗚」不能出聲。

頭目一聲喝令一招手，其他的山匪立即停手跑了過來。

幾個人抬著蘇荏朝樹林深處奔去。

蘇荏毫無掙扎的機會，四肢被四個大漢死死抓著，半分動彈不得，好似一隻綁在烤架上的山羊，嘴巴發不出任何的聲音。

她此生從沒有像此刻這麼害怕、無助、絕望過。

看著自己被山匪抬走，離官道越來越遠，她也越來越絕望，淚水不知道何時已經將兩鬢的烏髮打濕。

她還沒有回家，還沒有見到外翁、爹娘和弟妹，沒有盡孝，沒有疼護他們，還有很多的事情沒有做，甚至都沒有看到前世仇人死，就要淪落山匪之手。

就在她極其恐懼無助的時候，她聽到有馬蹄聲傳來。

是僕人和車夫追來了？

他們兩個人哪能打得過這麼多人，豈不是來送死嗎？

她心中一絲歡喜還沒有升起，立即伴隨更深的失望。

就在她如此想的時候，馬蹄聲已經近了，似乎是一隊人馬。

她被仰面朝天抬著，除了茂密的枝葉什麼也看不到。

忽然她聽到一個人的怒喝。「圍起來。」

馬蹄聲四散，抬著她的山匪慢了下來，最後在原地打轉，她歪頭看到了散落在山匪四周、騎在馬背上的人，個個身穿盔甲，手持長刀。

「將那姑娘放了，給你們一條生路。」一年輕男子的聲音，鏗鏘有力。

幾個山匪看著一、二十名士兵，也嚇得慌了，都顫聲詢問頭目。「老大，怎麼辦？」

一個山匪低聲後悔道：「當初就不該貪那千把兩銀子幹這種事，我就說肯定會惹上當官的，現在先惹上當兵的了。」

另一個膽小的人嘀咕。「老大，這麼多人咱們打不過。他們當兵可都是殺過人的，還是將人給他們吧！」

「是啊，老大，保命要緊。」

其他幾個山匪也害怕起來，立即勸頭目。他們雖然是山匪打家劫舍，可至今手上還沒有沾過人命，若沾了人命，那可要送命的。

頭目猶豫不決，最後抵不住周圍一、二十名士兵虎虎生風的氣勢，戰戰兢兢地命兄弟們將姑娘立即放下來。

蘇荏的腳沾到地面，趔趄了一步，立即朝周圍一名軍士跑去，一邊扯掉口中的破布，大喊：「救命，軍爺救命！」

為首的將官揮手喝令，幾個士兵立即翻身下馬將這群山匪捆綁。

蘇荏驚慌地跌坐在地，此時終於鬆了口氣，抬頭朝那位下命令的將官望去。

將官正翻身下馬，朝她走過來。

她目光一緊，面前的人看上去竟然有幾分眼熟，似乎在哪裡見過？

印象很久遠，是前世還是今生，她一時間竟然分辨不出來。

將官此時也神情一震，指了指她。「蘇荏姑娘？」

蘇荏愣神，將面前的將官再次仔細打量，依舊想不起來是在哪裡見過。

見她吃力地爬起來，將官笑著，忙走上前伸手攙扶了下，語氣有幾分激動。「妳真的是蘇荏姑娘？沒想到在這兒見到妳。」

「你是……」

蘇荏猶豫地看著將官。

「數年前寒冬我昏倒在蘇村外，被大富叔揹回去，是李郎中出手相救才撿回一條命。」

蘇荏經他這麼提醒，想起多年前的一樁事，再看面前的人，找回了記憶。

「袁大郎？」

「正是。」

蘇荏瞧著眼前的人，雖然得到對方肯定的回答，但心中還是有些不可置信。

當年的袁禮明顯是一個富家子弟、文弱書生，看上去手不能提、肩不能扛，哪有如今這般的硬朗結實，更不似現在粗皮黑膚的模樣，難怪自己想了好一會兒沒有想起來。

若是他自己不說，她估計想到明天，也不會聯想到此人就是那個細皮嫩肉的袁公子。

袁大郎方才答得迅速，說完後大概覺得有些不妥，又向蘇荏多補充了一句，其實他並不叫袁禮，本名是李轅。

「是不是認不出來了？」李轅摸了下自己的臉，自嘲地笑了笑。「的確是變了許多。蘇姑娘的樣子也變了，在下差點沒有認出來呢！」

蘇荏摸了下臉蛋，然後朝山匪看了眼。

李轅立即命幾名士兵將這群山匪交給當地的知縣處置。

蘇荏想到剛剛幾名山匪，他們是被人收買，立即詢問山匪是何人指使。

山匪都支支吾吾地不敢說，幾名士兵毫不客氣的一人一腳，山匪立即怕了，忙將事情都抖了出來。

與她猜想的差不多，是吏部侍郎的姪兒，王小姐的堂兄王璞所為。

原本王家是要他們取了她性命，但他們從沒有殺過人，不敢幹這種事，最後只得要求他們把她給糟蹋了，然後賣到窯子裡去。

蘇荏聞言，恨得咬牙。

李轅上前毫不留情對頭目狠狠一腳踹去，並命押著山匪的士兵將他們每人打一頓，痛得幾個大漢跪地求饒。

「將他們都押入京，我倒是要和王侍郎好好聊一聊。」

李轅轉身，請蘇荏上馬，打算帶她回京，給她討個說法。

蘇荏立即說明自己要回鄉探親之事，耽擱不得。

李轅聽聞李郎中病重，看蘇荏擔憂害怕的神情，猜想病情恐怕不容樂觀，自然是回鄉要緊，也不敢一意孤行。

「蘇姑娘，我如今正好有幾日閒暇，送妳回鄉吧！」

蘇荏忙回絕。「不敢勞煩，我和兩位同鄉一起便可。」

正說著，便瞧見遠處被山匪打成重傷的車夫和僕人瘸著腿趕來。

蘇荏忙迎了過去，瞧見兩人滿身滿臉的傷，心中過意不去，因為自己連累了他們。

李轅解釋道：「李郎中是在下的救命恩人，如今他病重，在下前去探望也是理所應當，而且此地距離恭縣較遠，有我護著，也可平順些。」

蘇荏沒有時間和心情去和他客套，既然他要去，她也不再勸阻。

李轅讓幾名士兵將山匪帶回京城暫時押著，等候他回京處置，然後便陪著蘇荏一路南下。

第三十七章

一路上李轅詳細地詢問蘇荏為何在京城地界，又詢問了這幾年她和家人的情況，也問及大富和胖三嬸一家。

蘇荏從談話中得知李轅，如今在北境軍營是一個中階軍官，也正是她的兄長在信中提到的那位「李娘子」。

李轅一直清楚蘇蒙跟李郎中的關係，只是蘇蒙並不知道他當年落難蘇村的事情。

蘇荏詢問他為何瞞著兄長不說，李轅開玩笑道：「妳大哥見到我沒幾次，彼此還沒十分熟悉，就說要把妳許配給我，我哪裡還敢提當年的事情，否則他豈不是更加認定了這樁姻緣？」

蘇荏笑了下，想到大哥在信中將李轅的一通誇讚，他確實會做出這樣的事情來。

隨後李轅說起了當年他落難蘇村的經歷。

他本是率軍鎮守西北的威武侯之子，在對西渝一戰中，父兄和數萬的軍士遭人陷害，全軍覆沒，李家也因此蒙難。雖然他不在軍中未有身亡，卻遭遇朝廷的捕殺，在家人的庇佑下逃生，逃亡的路上落難蘇村。

他當年去敏州，是去找父親生前的一位故交，隨後朝廷查明李家蒙冤，但生者寥寥，這其中的詳情，他只是簡單幾句帶過並未細說。

蘇荏知道這一來是他的傷心事，二來必然有不是她應當知道的隱情，所以沒有細問。

他隨後從敏州直接去北境，入伍後認識了蘇蒙，也算是一種緣分。

「我兄長一切可好？」

「自然好，不過現在與北蠻人雖沒有大規模打起來，但北蠻人每年春、夏之際，都會侵擾我大魏北境，所以戰事依舊不斷，恐怕他還不能回來，這次若不是我有軍務離開軍營，也不會遇到妳。」

蘇荏詳細詢問了自己大哥的情況，一路上李轅也和她分享了許多這些年的事情。

蘇荏發現李轅的性格和當初差別很大，也許是幾年的軍旅以及戰場廝殺，讓他多了幾分豪放不羈。

幾日後一行人回到蘇村。

蘇村的人瞧見蘇普陽家來了一隊軍士，都以為是蘇蒙回來了，全村圍來觀看。稍後才得知回來的人不是蘇蒙，而是當年被大富和李郎中所救的袁大郎，皆驚嘆不已。

當年的文弱書生，短短幾年間竟然成了一位將官。鄰里都說胖三嬸家和蘇普陽家救了個將官，以後肯定有莫大的好處。更有好事者提及了當年旺嬸想讓袁大郎入贅的事情，不由得覺得旺嬸真是癩蛤蟆想吃天鵝肉。

蘇荏沒去在意這些，她回到家就去看外翁。

李長河自二月病倒至今已好幾個月，這一個多月更是病重得臥床不起，飯吃不了多少，都是靠著藥續命。

譚大夫來看診好幾回，前兩日才過來一趟，已然束手無策。

病了這麼久，李長河面黃肌瘦，已經瘦得如皮包骨，整張臉都脫了相，眼窩深陷，顴骨隆起，眼睛一會兒睜著，一會兒閉著，腦子都有些迷糊。

蘇荏跪在床頭哭了好久，李長河才迷迷糊糊地醒來，看到床頭的人，顫顫巍巍地伸出手，蘇荏立即一把抓住。

李長河聲音低沈顫抖。「荏丫頭，妳怎麼回來了？」

蘇荏抱著李長河的手臂哭得更加厲害，幾乎泣不成聲。

「外翁，荏兒不孝，這會兒才回來看你。」

李長河喉嚨滾動了好幾下，最後才輕聲吐字。「怎怪妳？能見到妳，外翁知足了！」

他的聲音斷斷續續，好似接不上氣來。

李長河瞧見床頭還站著一個青年，身披盔甲，只是距離遠些看不清人臉，他含糊地問：「是蒙子回來了？」

李轅立即上前，單膝跪在床頭，聲音幾分哽咽。「蘇蒙現在是將軍了，他不能隨便離開軍營，他讓我代他回來看望您。」

李長河沈默了好一會兒，然後喉嚨裡嘀咕什麼，含糊聽不清。

旁邊的蘇父、蘇母也忍不住地流淚。

李長河最是疼幾個孫輩，如今病成這般，大外孫蘇蒙卻沒有在跟前，終究心裡有些失落。

李轅向李長河說了一些蘇蒙的事情，讓李長河安心。

蘇父、蘇母也得知了李轅如今的身分，以及他和蘇蒙的關係。

李轅因為軍務不能夠耽誤太長的時間，當夜便帶著士兵們離開蘇村。

臨走前，蘇父、蘇母讓他帶了封信給長子。

蘇荏在李長河的病榻前一心一意侍奉盡孝，江家的人也幾乎是每日都過來探望慰問。

蘇家對於江家來說，不僅是未來的姻親，更因為李長河是江未歇的救命恩人，是江家的救命恩人。

蘇荏每日想盡辦法醫治外翁，可恨自己醫術終究不是回天之術，只能眼睜睜地看著外翁病重，生命的跡象一點一點消失，對她說的話也一天比一天少，甚至更多時候都是胡言亂語了。

半個月後，眼看李長河氣若游絲，已經不行了，蘇荏更是寸步不離床榻。

這日傍晚，雖然是夏日，屋內卻異常清冷，甚至有些寒意。

蘇家人都圍在病床前。

李長河眼睛微微張著，眼神空洞，不知道他是不是真的能夠看到床前的女兒、女婿和孫輩們。

他喉頭輕輕蠕動了幾下，然後顫抖著蒼白的唇，喃喃輕聲道：「荏丫頭……」

蘇荏立即抓著李長河的手，眼淚流了下來。

「外翁，荏兒在。」

「好好學……別荒廢……」李長河聲如蚊蚋。即便如此，簡單的六個字已經花費他很大的力氣，讓他累得接不上氣來。

蘇荏重重地點頭。

「荏兒一定好好學，這輩子都會好好學，不會荒廢。外翁，荏兒還想你教，荏兒還有很多不會、不懂的地方，要你好起來教荏兒！」

李長河大喘一口氣，喉嚨嗚嗚發聲，不知道是不是在說話，沒人聽得出一個字來。

「救人……醫者……本分……」他的眼睛輕輕眨了下，又是一陣喘息，好半天才再次低聲含糊地開口。「不計……恩仇……」

蘇荏淚水瞬間流得更加洶湧，前世今生的畫面都湧進了腦海。

她自問這一生救過一些人的確是因為恨，為了更深的報復。

她做不到外翁那般救人不計恩仇，一視同仁。

外翁早些年便已經看出來她對段家有怨，雖然他不知道原因，卻也不問為何，一直為她守口如瓶，如今這一句話，更是戳中了她的心。

李長河忽然間好似有了力氣，聲音提高了許多，眼睛大睜，不斷喊著女兒、孫輩的名字。

「荏丫頭……蒙子……柔兒……」

喊著喊著，一口氣呼出，聲音戛然而止。動作停滯，眼睛瞪著屋脊沒了任何光彩。

蘇荏喊了幾聲「外翁」，沒有任何回應，頓時嚇得大聲疾呼。

屋內一片痛哭之聲。

李長河辭世！

治喪期間，蘇荏守在靈前，哭得暈厥過去數次。

下葬當日，蘇荏已經虛脫到路都走不了，是在蘇苒和江未晚的攙扶下送葬。隨後，蘇荏渾渾噩噩了好些天。她恨自己沒有更長的時間陪在外翁身邊，恨這突如其來的病痛早早帶走外翁，也恨自己的醫術不精，無法挽救外翁的性命。

昏昏沈沈了大半個月，最後在身邊人的勸說下，蘇荏的精神才慢慢好起來。

在此其間，江未歇寫了幾封信給她，她都沒有心情去看，還是蘇葦看了之後告訴她信中的內容，她也心不在焉地聽著，其實一句都沒有聽到心裡去。

她沒有回京去太醫司，而是寫了一封信給譚太醫和譚椿，說自己要在蘇家為外翁守孝，至於時間多久沒有細說。

幾個月來，她都安心留在家中，陪著蘇父、蘇母，閒來就是獨自一個人在房間內翻看醫書，或者整理一些藥草，心中再無他事。

直到中秋前，她收到了兄長託人捎回來的一封信。

蘇蒙聽李轅說李長河病重，還不知道自己的外翁已經病逝了。他在信中請家人保重身體，說如今大魏和北蠻人之間有一場大規模的戰事，他不能回來，若是這一仗能夠將北蠻人徹底擊垮，或者驅逐到更北之境，興許未來十年甚至二十年，北境都不會再有戰事。

蘇蒙還在信中寫了許多對於未來的一些美好憧憬：全家人都搬到京城去，讓外翁、蘇父和蘇母安養，看著妹妹們出嫁，自己娶妻生子，弟弟從軍，一家人其樂融融等等。

全家人看著信，都不由得落了淚。

信的最後，他提及北地苦寒，軍醫緊缺，很多士兵受傷生病了，因為不能夠及時救治，最後殘廢甚至是死亡。

雖然兄長在信中只是提了一句，蘇荏卻烙在心上。

當夜她輾轉難眠，想到父親的腿，若是當年父親能夠得到及時的救治，那一條腿或許就不會殘廢了。如今戰事再起，必然會有更多的傷殘等待醫治。

外翁臨終前的模樣再次浮現腦海，耳邊全是外翁當時對她說的話——救人，醫者本分，不計恩仇。

外翁一生行醫四十多年，一直都是秉承這樣的理念，所以即便是遇到多麼無禮、蠻橫、粗野的病人和家屬，他都不嗔不怪，遵循醫者本分。

這一夜，她不斷地問自己——自己學醫到底是為了什麼？

報仇？護佑親人？安身立命？

都有！這本就是她學醫的初衷。

可若是自己能夠做得更多呢？

次日，她又想了一天。

晚膳的時候，蘇荏對父母道：「女兒想中秋後去北境軍營。」
蘇父、蘇母均是驚得一震，互相看了眼。
蘇父沈默未出聲，蘇母好半晌才問：「妳說什麼？」
蘇荏重複了一遍。「女兒想中秋後去北境軍營。」
她說得斬釘截鐵，不是商量的口吻，而是下定決心後的通知。
「這……」蘇母擔憂地看著她。
自從父親去世，全家都沈浸在悲傷之中，死氣沈沈，女兒更是每日魂不守舍、話也不多，連和村上人說話，都鮮少有笑臉。他們知道女兒心中內疚未能盡孝，所以除了勸慰她想開點也沒有多說什麼。現在女兒忽然說要去北境，蘇母心中怎能不震驚。
兒子去了這麼多年都沒有回來，如今女兒也要去？
蘇母以胳肘推了下蘇父，讓他開口說句話。
蘇父放下碗筷，看著女兒堅定的目光，知道女兒作此決定，是因長子昨日寫的那封信。
他年輕時從軍過，知道軍營的艱苦，特別如今兩國交戰，軍中條件對於女兒家來說更是艱難數倍。可一想到如今女兒能夠有這樣的心思，又有幾分欣慰。
「妳可知北境乃苦寒之地？」蘇父還是不捨女兒。

「嗯！」蘇荏點了點頭。「女兒清楚，也做好了準備。」

蘇父沈默了許久，最後輕嘆了一聲。

「若是妳真的拿定了主意，爹不勸阻妳。」

蘇母有些著急了，立即拉著女兒的手勸說。「北境不比家裡頭，妳就是不上戰場不打仗，可那兒一年裡有小半年都是冰天雪地、呵氣成冰，妳怎麼受得了？可不能一時衝動啊！」

蘇荏抓著蘇母的手笑著反勸。「女兒受得住這點苦，大哥也說了如今和北蠻人的戰事最是緊張的時候，女兒不是男兒身，提不起刀、扛不起槍、殺不了敵，可女兒也想盡綿薄之力。」

蘇母看著眼前嬌弱的女兒，想著北地的風雪苦寒，忍不住流淚，但她終究沒有能夠留住蘇荏。

中秋過後，蘇荏已經準備妥當，啟程前往北境。

就在蘇荏離開的第二天，江未歇從京城回鄉。

這幾個月間，他寫給蘇荏十幾封信，卻得不到蘇荏的任何回應，還是從家書和譚椿那裡，他才得知了蘇家和蘇荏的情況。

等他回到江家，才知蘇荏離開家鄉前往北境。從恭縣去北境，必然經過京城。江未歇去祭拜李長河後，次日匆匆辭別家人，一路北上。

一路行一路打聽，一直到京城，他都沒有追上蘇荏。因為朝中有事召回，他終究沒有再向北追。

蘇荏則一路繼續向北，北境這個時節已經如恭縣的三九寒冬，寒風獵獵，雖然還沒有飄雪，但車馬行程已經明顯慢了下來。

再向北行了幾日，路面已經有了積雪，越往北積雪越厚，行程更加艱難。

蘇荏滯留在一個小縣城。七、八天後，遇到了一隊運送軍需前往軍營的隊伍。她說明緣由，拿出縣衙開具的身分證明，最後跟著押送軍需的隊伍北上。

在大雪封路前，他們抵達了北境軍營，被安排在後勤，與其他的軍醫一起做事。

寒冬臘月，北境最冷的時候，積雪有小半個人深。

起初，蘇荏適應不了寒冷，還沒有給士兵醫治，自己先病倒了，一個來月才好。她在這段時間打聽兄長所在的營隊，病好之後，偶爾跟著軍中的老軍醫到兄長所在的軍營給士兵醫治，也會有意無意向士兵和老軍醫打聽關於兄長的一切。

此時她方知，兄長以往的每一封家書都只是安慰信。這些年他受過太多的傷，無數次差點命喪戰場，無數次又從血泊中爬起來。

十五歲從軍，如今已近九年，從一個新兵，靠著一點一點的戰功，成為一營的將領，這其中多少次浴血奮戰，多少次在生死邊緣徘徊，可想而知。

她迫切地想見一見自己的兄長，卻又害怕相見。兄長的模樣還停留在前世她送他去應召入伍的那天，那時候他是個青澀的少年。

前世今生，前前後後，她已與兄長相別二十多年，她已經記不清兄長的模樣。九年的風霜浸染，即便兄長站在她的面前，她想自己恐怕也不能認出來了。

第三十八章

幾日後，蘇荏跟著老軍醫給一個士兵醫病。

從帳篷外進來一人，立在一旁。她沒有太在意，只當是其他進出的後勤士兵，直到給士兵醫治好，從木板床邊站起身，她才注意到立在一旁的人。

身材高大，沒戴頭盔，厚厚冬衣外是堅硬的鎧甲，他正全神貫注地盯著她。

蘇荏愣了一下，看著面前的人，黝黑粗糙的皮膚，五官硬朗，與父親有幾分相似的五官，讓她立即凝神細看。

面前的人眼睛驀地濕潤起來，意識到帳篷內還有其他的士兵，他忽而一笑想要掩飾自己的失態，眼淚卻沒有收住而溢了出來。

蘇荏的眼眶也紅了，不由得開始流淚，忍不住哭了起來。

周圍的士兵有些懵然，雖說軍中士兵想家或父母、妻兒也會流淚，但他們怕被同袍嘲笑，都是偷偷蒙著被子哭，或者是打了勝仗大醉後才放聲大哭，從沒見過這麼眾目睽睽之下淌淚的景象。

「將軍。」跟隨在身邊的士兵喚了聲。

將軍咽了咽淚，哽咽地輕喚。「大妹妹。」

蘇荏心中最後的那點堅強，被這一聲「大妹妹」擊垮。她放聲大哭，人也衝過去撲在將軍的懷中。

「大哥！」

蘇荏泣不成聲。

蘇蒙顫抖地摟著蘇荏，凝噎半晌才低語出聲。「大妹妹，真的是妳，大哥以為只是重名、只是巧合。」

兄妹兩人相擁哭了一陣子，帳篷內的士兵此時才明白過來，對兩人更加敬重幾分。

蘇荏跟著蘇蒙到了他的營帳。

李轅此時過來，恰巧遇見二人，震驚了半晌才反應過來，立即湊上前詢問她怎麼來到軍中。

蘇荏解釋是因為看到兄長的信。

李轅立即詢問李長河的病情。

蘇荏淚眼汪汪，哽咽許久才說出外翁辭世之事。

幾人傷心了一場。

天黑後，她留在蘇蒙的帳內用膳，兄妹兩人圍著火盆促膝長談到半夜。

蘇蒙詳細詢問家中現在的情況。闊別九年，即使半年多前從李韍口中得知家中近況，但李韍所言畢竟有限。

蘇荏都挑揀好的說，讓蘇蒙放心。

蘇蒙又怎麼能夠真的放心，他離鄉這麼多年，連外翁離世，都沒能回去送終，委實不孝。父母現在年歲漸長，他也未能在跟前盡孝，愧為人子。

蘇荏安慰他。「大哥，你不知道，爹娘聽說你做了將軍有多高興。爹常說，咱們蘇家軍戶，世代從軍，卻從沒有出一個將軍，你可給蘇家爭臉了，光宗耀祖。」

蘇蒙喟然長嘆——若是可能，他更寧願國無戰事，一生無名，常伴在外翁和爹娘的身邊，將軍、榮耀都不及這些實在。

「妳考進了太醫司，外翁一定很高興、很欣慰，他以前抱怨娘不學醫，抱怨我們兄妹沒一個人願意繼承他的衣缽，醫藥傳家。如今妳在這方面有天分，將來必然有所成就，外翁也能夠安心了。」

蘇荏點點頭，想到外翁，眼中再次濕潤。

「妳來軍中當軍醫，還回京城太醫司嗎？」蘇蒙問。

蘇荏沈默許久，淡淡地道：「我不知道。」

她是真的不知道。太醫司雖然是她之前努力的目標，可京城也成為她的一處傷心地，更是讓她差點命喪之處。

已經大半年了，江未歇和王小姐現在應該已經喜事成雙了吧？

蘇荏心中自嘲苦笑。當初重生而來，她便已對嫁人不存任何的心思，如今竟然還會因為一個人而傷感難過。

蘇蒙看她神情落寞，拍了拍她的肩頭。

「李轅和我說了妳在京城的遭遇，他從恭縣返回京城後，私下帶著山匪見了王侍郎，逼著王侍郎處置王公子，雖然對於罪魁禍首不能如何，但至少算是為妳出了口氣。」

蘇荏感到詫異，沒想到李轅會這麼做。只是即便如此，終究不能夠將對方真的如何，而江未歇可知道王家的作為？若是知道，應該多半也是睜隻眼、閉隻眼吧？

蘇蒙看出她是想到了那個不該想的人，繼續道：「以前大哥不懂，後來大哥明白，無論你是誰，有怎樣的權力、名望、地位，也總有無能為力之事。感情之事更如此，即便兩情相悅也未必就能攜手白頭，江公子雖好，無緣就不必掛念了。」

蘇荏垂首，沈默未作聲。

蘇蒙笑了笑，開解她道：「李轅就很不錯，你們早年相識，大哥也瞭解他，文武雙全、儀表堂堂、脾性也好，雖然出身侯府高門，但他並非看重門第之人，而且我大妹妹也不差。」

他拍了拍她的肩頭，一臉得意。

蘇荏苦笑。「大哥，你可別亂牽紅線，且不說我對李校尉並無任何想法，就是李校尉對我也無半分男女之情。」

蘇蒙見她心情舒暢輕鬆許多，也稍稍安心些。

次日，蘇荏是先鋒營將軍蘇蒙親妹妹的消息，立即在先鋒營和後勤軍營內傳開，後勤軍營的士兵立即圍著她問東問西。

之前對她一個俊俏姑娘隻身在軍營而生出非分之想的士兵們，此時都打消念頭。

軍營中的士兵都是粗人，說話多半也都粗俗直接，有些話他們不覺得如何，但是在蘇荏聽來卻有幾分不堪入耳，所以她找藉口躲開了，跟著老軍醫忙著救治之事，即便有士兵和她說話，無關醫治的她都不開口。

老軍醫在軍中二十多年，對於刀槍、劍戟這種傷口以及骨傷最是拿手，還有一套頗為完整的醫治方法，與外翁和譚大夫教給她的完全不同，她也十分感興趣，一有空便向老軍醫們請教。

老軍醫看她誠心想學，又是蘇將軍的妹妹，也不藏私，傾囊相授。

蘇蒙因為軍中事務繁重，很少顧及到她，只是偶爾有空了會來看她。兄妹兩人永遠都有說不完的話，有一次李轅跟著過來，在一旁插不上嘴，氣得不再跟著了。

北地的冬日漫長，但總有冰消雪融之時。

春日的草從大地中甦醒，吐著嫩芽破土而出，北蠻人已經耐不住，前來宣戰。

大魏和北蠻人之間的緊張局勢經過一個寒冬沒有緩解，反而更加劍拔弩張，戰事一觸即發。

蘇荏第一次感覺到戰爭離自己這麼近，死亡也這麼近。

兩國交兵之際，她身在後方的後勤軍營，每當靜下來，她都覺得自己似乎能聽到前方的廝殺，看到漫天的塵沙和嗅到空氣中濃濃的血腥。

一場仗打了很久，前方不斷有受傷的戰士被送到後勤軍營救治。

蘇荏幾乎每天睜開眼，看到的便是血腥恐怖的傷口，甚至夜間的夢中都能夠聽到將士們的淒厲叫聲，日日夜夜都在面對死亡。

一開始的時候她不適應，白天嘔吐，晚上作噩夢，為將士戰死痛哭流涕。後來她不知道自己是堅強了，還是已經麻木了，對待這一切反應不會那麼大了，只是心中始終不能平靜。

夏日的北境沒有酷暑炎熱，中午時天氣躁熱，到了傍晚已經有了涼意，夜間甚至如深秋要穿上厚衣、蓋上厚被。

兩國交戰持續了兩個月，還沒有休戰的跡象。

蘇荏一邊隨著老軍醫救治傷兵，一邊擔憂著自己的兄長，並向士兵打聽前方的戰況，心中再無他事。

這日，她正給一個傷員包紮完腿上的傷口，忽然身後一個軍醫叫道：「蘇大夫，這邊有個士兵失血過多，需要及時救治。」

蘇荏立即提著藥箱過去。

士兵滿身是血，鎧甲從左肩頭到胸口被劈開，斜著一道傷口，血汩汩朝外湧，人已經昏死過去。

蘇荏請旁邊的人幫忙，急忙解開士兵的鎧甲，撕開衣領，立即止血醫治。

經過這半年，特別是這兩個多月的練習，她對於治這種傷已經駕輕就熟，不多會兒血止住了，再熟練地處理傷口。

全程她目不斜視，注意力全都落在傷口上，直到傷口縫合、包紮好，她才暗暗地舒了口氣，瞥了眼受傷的士兵，頓時如遭雷擊，愣在當場。

好半晌她才反應過來，不可置信地伸手撥開士兵凌亂的頭髮，然後胡亂擦了把那人臉上的血，一張化成灰她都能記得的面容映入眼簾。
蘇荏手一抖，緊握成拳，後槽牙咬得發酸，狠狠地瞪著面前昏死的人，恨不得再朝傷口補上一刀。
「蘇大夫，怎麼了？」一旁的士兵見她神情有異，立即詢問。
蘇荏回過神，還沒有來得及回答，身後一個老軍醫就喊她過去幫忙。
她暗暗喘息幾口，平息自己憤恨的情緒，提著藥箱轉身，繼續去醫治另外的受傷士兵。
一直忙到天黑，待她終於有空，再次去看那個士兵。
他依舊在昏迷中，臉上的血跡被其他人簡單處理過，五官面容更加清晰，除了皮膚粗糙龜裂外，並無任何的改變。
這張臉她看了那麼多年，即便面目全非，她也不會認錯。
「蘇大夫，他的傷勢是不是不穩定？」跟隨在她身邊的一個後勤小兵急忙地問。
「不是。」她微微搖了搖頭。
「那妳這是？」
蘇荏沒有回答，她沒有想到竟然在北境軍營見到了段明通！
當初他被發配充軍，聽聞是前往北境，她已經把段明通當成了一個死人。因為就算他不死在發配充軍的路上，到了軍營也是編入死營，說白了就是打仗時衝在最前面當人肉盾牌。

卻不想，上天對這個衣冠禽獸竟然如此仁慈，讓他活到了現在，讓她再次與他相見，甚至讓她又一次救了他。

命運就是如此捉弄她的嗎？

就如此不公嗎？

她越想心中越是恨自己，為何救人的時候沒有仔細看一眼傷者的臉，若知道是這個禽獸，她絕不會出手相救。

蘇荏想著事情，拳頭不禁緊握，指甲深深陷入掌心。

「蘇大夫，妳認識此人？」一後勤小兵見她半晌不動，好奇地問。

蘇荏依舊沒有回答，而是轉身離開營帳。

北境的夏夜繁星璀璨，銀漢迢迢暗度。夜風清涼，令人哆嗦。

她一步步朝自己的營帳走去，腦子也被涼風吹得更加清醒。

恨！她滿心都是恨！外翁的那句救人不計恩仇，她做不到，這輩子都做不到。

段明通於她就是心中的毒刺、毒瘤，不拔除、不割掉，她永遠都不可能安生，前世今生二十多年的怨恨都得不到償還。

當夜她睡不安穩，儘管次日精神有些許不佳，但很快又投入對傷兵的救治和複檢等本職的事務。

她沒有再去收容段明通的後勤營帳，而是選擇和其他的後勤軍醫作了交換。

她不想再見那個人，怕自己一時壓不住心中的恨意親手殺了他。

幾日後清晨，蘇荏提著藥箱剛走進傷兵的營帳，就瞧見段明通拄著棍子立在營帳一邊。

她尚未開口，段明通先喊了她一聲。「蘇妹子。」

蘇荏充耳不聞，朝需要複檢傷勢的傷兵走去。

段明通拄著木棍一步一步慢慢朝她跟前湊近。

「蘇妹子，真的是妳！」他頓時咧開嘴笑了。「我以為自己要死在這兒了，竟然還能夠在這個時候見到妳，真是太好了！」

蘇荏專心給傷兵檢查傷勢、換藥，沒有搭理。

段明通並沒有放棄，站在她身後繼續道：「我聽其他的軍醫說，妳是自己主動前來軍營。北地艱苦，軍中更是吃不好、睡不好，妳一個姑娘家怎麼來這地方?妳爹娘怎麼捨得？」

蘇荏對傷兵說著注意事項，然後繼續察看下一位傷兵的情況，對段明通視若無睹。

段明通一點都不在乎，被發配充軍邊境一、兩年，他好不容易見到一個同鄉的熟人，而且是蘇荏，怎麼可能就此住口？

他依舊跟在蘇荏身後絮絮叨叨，像個長舌老婦人般說個沒完沒了。

蘇荏身邊打下手的後勤小兵都不耐煩，看不下去，對他怒道：「沒瞧見蘇大夫正忙著嗎？回床板上躺著去，別妨礙蘇大夫給其他傷兵醫治。」

段明通冷笑一聲，對小兵道：「你知道我和蘇大夫是什麼關係嗎？」

小兵冷冷看他一眼，心想：我不知道你們什麼關係，但不是瞎子，能看出蘇大夫根本就不願搭理你。

蘇荏忙了一陣子，將營帳一排七、八個傷兵都檢查了一遍，回過身發現段明通還站在身後。

「蘇妹子。」

段明通見蘇荏的目光終於落在自己身上，喜出望外，立即拄著棍子上前一步，一臉激動的表情。

「聽說妳來半年了，可習慣這兒的生活？這兒夏日毒蟲最多，妳可千萬要注意。還有……」

「不用你的好心！」

蘇荏冰冷地打斷段明通的話，朝營帳外睇了一眼。

「你若是傷好了，我立即上報，你今日就歸營。」

小兵也在旁邊幫腔道：「後勤軍營大夫和後勤兵本來人手就不夠，你別在這兒妨礙蘇大夫救治其他人，否則必告你擾亂軍紀。」

段明通想發火，但動作一大，肩頭到胸前的傷口疼痛了起來，讓他立即大氣不敢喘，眉頭擰成一團。

蘇荏冷眼一瞥，朝另一排的傷兵走去，不再理會段明通。

當蘇荏將整個營帳的傷員都檢查過一遍，此時已經接近晌午。

段明通仍未離開，坐在營帳口，目光直直落在她的身上。

「蘇妹子……」

段明通撐著木棍艱難地站起身，顯然胸口的傷此時疼得厲害。

蘇荏只是瞥了一眼，帶著小兵逕自出了營帳，前往下一個營帳。

一直忙到午後，她才得空，小兵幫她端了飯菜過來。她就地而坐，在營帳旁的小方凳吃午飯。

恰時段明通又拄著棍子走進來，也許是這大半天折騰，繃帶上有新的血跡浸染，臉色也慘白許多，額頭上冷汗點點。

他拄著棍子走到一側的木板床艱難地坐下，喘了好幾口氣。

「蘇妹子，妳怎麼不理我？我們怎麼說也是同鄉，幾千里外能夠相遇，也算是喜事一件——妳可是因為曉豔的事情恨我？」

蘇荏抬眸冷冷看了他一眼。

他以為蘇荏是承認了，微微垂頭，看上去有內疚後悔之意，語氣卻生硬堅決。「我是酒後失手，並非有心要害她。我和她雖然常有吵架，但這裡面是有原因的，每次也都是曉豔有錯在先，是她不守婦道。若非如此，她是我的媳婦，給我養了個女兒，我怎麼忍心和她吵？那天我真的是喝多了酒，不知道自己做了什麼……」

蘇荏聽他囉裡囉嗦地在旁邊說這種話，心中的恨意就更深。

這種虛偽的話，她何止聽他說過一次！

如今曉豔都已經死了，他還要這般詆毀她，說一切都是曉豔的過錯，一點悔恨之心都沒有。

雖然她心恨曉豔，但曉豔卻是他段明通的妻子。

夫妻一場，還育有一女，他竟然能夠卑鄙無恥地說出這種話來，當自己是無辜？

他自己是什麼人，她還不清楚嗎？

前世他害死了她幾個孩子，想必心中也是這麼想的，從來沒有懺悔之心。

恨意立即席捲而來，蘇荏將筷子狠狠地朝方凳上一拍。

段明通驚得精神一振。

「蘇妹子……」他顯然沒有想到蘇荏會發火，以畏懼的眼神看著她，低低喚了一聲，不敢再多說話。

蘇荏也沒有吃下去的心思，起身離開，並讓身邊的小兵將人趕出去。

經過這麼一事，段明通沒再到她的身旁打轉，但每日當她給傷兵醫治檢查時，他就會站在營帳的門口看著她。

後勤軍營的士兵都知道他們是同鄉，看出段明通喜歡她，不知情的士兵甚至會問她是否成親，說段明通這樣的男人不錯之類的話，甚至有撮合之意，讓蘇荏對段明通感到更加噁心。

再幾日，蘇荏估摸段明通的傷勢也好得差不多了，便上報他已經痊癒，讓他立即歸營。

段明通在歸營前又來見她，這次不是躲在營帳門口看，而是在蘇荏回自己營帳的時候，攔住了她的去路。

「蘇妹子，妳不是因為曉豔恨我。」

這次他說得果決，似乎是想明白了。

蘇荏未應。

「妳能告訴我因為什麼嗎？」

這些天他一直捫心自問，相識這麼多年，他從沒有做過任何對不起蘇荏的事情，連他的家人也沒有，可蘇荏一直對他冷冰冰，似乎帶著敵意，令他不解。

蘇荏瞪了他一眼，提著藥箱準備繞過他，段明通再次攔住去路。

「蘇妹子，妳不承認我也知道，當年在南山的河中救我的人是妳，這次救我性命的人還是妳，我不明白，妳若真的恨我，妳為什麼救我？妳既然救我，妳為何還要恨我？妳恨我什麼，可以告訴我嗎？」

蘇荏停下腳步，抬頭凝視面前這張在她看來如惡魔一樣的面孔。

她死死盯著，似乎能射出釘子，將面前的人鑿出上百個洞來。

段明通有些許畏懼，內心瑟縮了一下，聲音更加輕柔，甚至帶著一些懇求。

「蘇妹子，我明日歸營，後日與北蠻人又有一仗要打，我不知道自己能不能再這麼幸運活下來，我希望妳告訴我原因。妳知道我喜歡妳，妳為什麼還總是躲著我，對我從來沒有一個笑臉？」

蘇荏看著他那略顯委屈的眼神，心中不痛快。

他最是喜歡如此，裝無辜、裝純良，掩飾自己禽獸不如的本性。

「想知道？」

「是！」段明通見蘇荏願意搭理他，笑得像個單純的孩子。

蘇荏冷笑一聲，走到他身側咬牙恨恨地道：「那你就死在戰場，我或許會在你靈牌前告訴你。」

段明通一怔，笑容一瞬僵在臉上，微微側頭看著蘇荏冷如北境寒夜的眸子，心底一片冰寒。

蘇荏繞過他離開，他沒再阻攔，而是怔怔地看著她的背影，眼底也漸漸冰冷一片。

第三十九章

兩國又一次大規模交戰，死傷士兵無數，後勤軍營再次進入繁忙、緊張的時候。

蘇荏一刻都沒有清閒下來，全身心撲在救治上，一天最多只能休息兩個時辰，心力交瘁，差點累暈過去。

每天醒來後，看到滿營帳的傷兵，面對鮮血和慘叫，她的心一直提著，擔心大哥。

雖然知道大哥在前世多年後才戰死殉國，但是她的重生改變了命運的軌跡，免不得擔心大哥會在戰場上受傷。

她沒有時間去專門打聽，只是在給傷兵醫治的時候，從他們的口中問出一點消息。

她每日都自我安慰，大哥是先鋒營的將軍，若真的受傷，必然會請軍醫過去醫治，若沒有請軍醫，就是安然無恙。

這日，她剛走進傷兵的營帳，一直跟著她的小兵湊到跟前，低聲對她說：「現在傷員過多，軍中醫藥物資緊缺。彭大夫囑咐了，若非是緊要重傷，不得用藥，若是已無多少生還可能，也不必再浪費醫藥了。」

蘇荏驚愕。「醫藥緊缺？」

小兵長嘆一聲，沈重地道：「是。咱們北境一直醫藥緊缺，如今打了幾個月的仗，後備醫藥物資供應不及時，目前已經供不上，再這樣下去，沒個幾日後勤軍營連止血的傷藥都要用完了。反正現在能省則省。」

兩人正悄悄說著話，彭大夫便掀起帳簾招手喚蘇荏過去。

彭大夫是老軍醫，在北境軍隊待了二十多年，德高望重，蘇荏剛來後勤軍營就是跟著彭大夫。彭大夫醫術高明，對醫治將士傷勢最拿手，也教了她不少這方面的學問，所以蘇荏對他一向尊重。

彭大夫將她叫到營帳外，滿臉愁容地和她說明軍中醫藥短缺的情況，讓她掂量患者傷勢再救治，說完後淚光盈盈。

軍令難違，這是目前對北境軍來說能控制的最小損失。但是對於醫者來說，那都是生命。

幾日後，後勤軍營又有大批的傷兵需要救治，但是醫藥物資幾乎耗盡，就連去附近山野臨時採的一些替代用止血藥也都供應不上。

就在後勤軍營的軍醫和傷兵都急得想不出辦法時，忽然有士兵稟報，後方有臨時的醫藥物資送來，而且隨行的人還有七、八位大夫帶著自家的子弟。

後勤軍營的軍醫和傷兵激動不已。

彭大夫立即詢問運送醫藥的是什麼人，據他所知，距離下一批醫藥軍資送來至少還有十多日。

「後方史州欒縣的知縣親自護送過來的。」後勤軍營的一個士兵激動道。

「欒縣知縣？」彭大夫有些詫異。

二十年來，欒縣知縣不知道換了多少任，沒一個有作為，更別說不辭辛苦親自押送物資到北境軍營來了。

從欒縣來的大夫解釋道：「是年初剛上任的知縣老爺。」

幾人在營帳內正說著話，一個身著簡單護甲衣的年輕人掀開帳簾走了進來。

那人身形修長，五官柔和，肌膚白皙如雪，一雙溫柔又擔憂的目光落在帳內唯一一個姑娘蘇荏身上。

營帳內的軍士見到來人均愣住了，不由得朝同袍的臉上望去，甚至有人想到軍中傳言的「李娘子」——原本一個白白淨淨的公子哥兒，來到軍中兩、三個月就成了粗漢子，臉上經歷日曬和風霜。

現在軍中翻個底朝天，都找不到一個軍官是面容白皙、舉止風雅的公子哥兒。就連蘇大夫一個姑娘家，來了半年，臉色也明顯暗了一些。

進來的這位是何人？一張臉竟然像剝了殼的雞蛋，白白嫩嫩。

跟隨年輕人進來的士兵向他們介紹。「這位是欒縣知縣江大人。」

「正是，正是。」欒縣的大夫立即笑著應和。

蘇荏冷冷地看著立在門前清瘦修長的身影，看著那張不能再更熟悉的面容。一瞬間，她又想到當年在三山鎮富康藥鋪前，那個單薄身影的少年，對著她笑得乾淨明朗。

眾人向江未歇問好，他點頭回禮，徑直走到蘇荏的身前。

眾人都懵了，他們都是軍中的粗人，哪裡注意到兩人眼神中的那點異樣。

「妳可還好？」

江未歇聲音沙啞低沈，好似乾渴了好幾天沒有水潤喉。

蘇荏愣了須臾，別過目光微微地點頭。「一切都好。」

眾人這才明白，原來兩個人是相識的。

彭大夫瞧出端倪，也沒有打擾兩人，帶著其他軍醫立即投入傷兵的救治中。

蘇荏看見旁邊還有在等待救治的人，沒有言語，轉身走了過去。

江未歇站了一會兒，看著她投入忘我，根本忘了還有他的存在。

他也不光站著發愣，而是離開營帳，去安排此次運送醫藥和糧草的交接事宜。

待天黑後，蘇荏終於得空休息能吃些東西，江未歇才再次出現。

兩個人坐在營帳外臨時架起的火堆邊，誰都沒有開口。

直到火堆旁邊的其他士兵都進了營帳休息，只剩下二人，江未歇才垂首低低地道：「荏妹妹，對不起。」

蘇荏以餘光瞥了他一眼，然後望著面前的火堆，沒有應答。

「妳離開京城回鄉路上遇到山匪的事情，我都知道了。對不起，是我沒有能夠盡快處理好王家那邊，也瞞著妳沒有坦白此事，連累了妳。」他的聲音越說越低。

蘇荏依舊沈默，四周似乎一下子都安靜下來，只有火烤木頭的炸裂聲響。夜風徐徐，帶著初秋的寒意，天上星斗閃著寒光。

蘇荏感覺到幾分涼意，身子稍稍瑟縮了一下。

江未歇褪下護甲內的外衣給她披上，蘇荏本來要擋開，江未歇並未依她，強行給她披著，蘇荏才不再頑強抗拒。

兩人再次陷入沈默。

須臾，蘇荏緩緩開口。「你怎麼外放欒縣了？」

他是丙辰年的探花郎，任翰林院編修，不及一年就外放偏僻苦寒的北境欒縣。她無須在朝為官也知道這種情況反常。

江未歇苦笑，垂頭搓了搓有些冰涼的雙手，猶豫了片刻，自嘲道：「我年輕，才不配位，外放磨煉。」

蘇荏微微搖頭，不相信這樣的解釋。

他是聖上欽點的探花郎，名副其實，怎麼可能才不配位？

既然他不說，她也就不再追問，怕裡面有什麼難言之隱讓對方尷尬。

兩人靜默地坐了許久，彼此沒有久別重逢後的寒暄，但腦海中都有無數的想法和話語翻湧。

一直到深夜，蘇荏感到疲憊、有了倦意，江未歇送她回營帳。

走到營帳前，江未歇低語。「我明日就要回去了。」

蘇荏遲疑了下，抬頭看著他，只見火光映照，他的目中似有火焰跳動，晶亮逼人。

半晌，她低聲回他。「多保重。」

她轉身準備進帳，江未歇卻一把拉住她。

蘇荏一驚，想掙脫卻沒掙開，低頭看著他的手掌。

江未歇沒有像以往那般因失禮而鬆開，反倒越抓越緊，好似生怕她跑了一樣。

「荏妹妹，我……」

他支吾片刻沒有說出一句完整的話，氣氛再次陷入尷尬，最後他才鼓足勇氣。

「戰事結束後，我們就成親。荏兒，嫁給我……好嗎？」

蘇荏大為吃驚，手下意識地想收回，可江未歇依舊沒有鬆開。

「荏兒，我……自從六年前春日那天妳跑到我家，自從妳救我的那夜起，我就暗暗告訴自己，這輩子要陪著妳、守著妳，後來我才知道自己真正想娶的人是妳。」

蘇荏驚愕地望著他。

江未歇咽喉動了下，一股腦兒地將所有心事吐露出來。

「這些年，我沒能夠好好保護妳，讓妳一個人經歷那麼多、活得那麼辛苦。此後，從今夜以後，我只想護著妳，無論妳想做什麼，我都陪著妳，我想妳在我的庇護下，無風無雨、安安穩穩地度過一生。我……我想妳這輩子不再受任何的傷，我想妳這輩子不再有怨、有恨、有遺憾，我想……荏兒，我想護著妳一輩子。」

江未歇第一次大膽衝破一直以來禮制的約束，一把將蘇荏摟在懷中，緊緊抱著。

蘇荏震驚得整個人都僵了，竟然忘記反抗。

江未歇剛剛的話如炸雷一般，在她腦海中不斷轟響。

想她這輩子不再受任何的傷？想她這輩子不再有怨、有恨、有遺憾？

他知道她的上輩子？

他上輩子去世的時候不過十七之齡，那時候她嫁入段家一年多，他知道？

難道……他也重生了？

蘇荏聯想到最初她去江家阻止外翁救治的事情——江未歇看過那張藥方！

原來他自己也知道藥方有問題，原來那時候他已重生！

就連最初她利用他對付段明達和段家，他也全都知曉！

他甚至早已明白她也是重生而來。

蘇荏如遭雷擊，愣愣地被他抱了許久才回過神，本想掙脫，江未歇卻毫不退讓。

「荏兒，我知道自己現在能力有限，但我想在自己有限的能力下，給妳最大的安穩平順。荏兒，嫁給我吧？」最後一句帶著卑微的乞求。

蘇荏錯愕地說不出話來。

自去年離開京城，她就以為這輩子不會再見到他，就算兩人重逢，他也早已嬌妻在懷，成為王侍郎的新婿。

她以為彼此的牽絆就到去年為止，沒想到今日在北境軍營相見，還得知了他也重生的秘密。

蘇荏用力掙脫江未歇，昂首看著他。

江未歇用一雙柔情似水的目光溫柔地盯著她，依舊是那個笑容如春風的少年模樣。

「上輩子……你……都知道？」她求證地問。

江未歇認真地點了點頭。「我知道，都知道。」

「你……」

是因為我，才被外放到北境欒縣？

蘇荏沒有勇氣問出口，心中卻猜到大概。

他沒有娶王小姐，必然得罪吏部王侍郎，被外放到邊境苦寒之地做一個縣令也沒什麼好奇怪的。

他本可以有大好前程，就這麼耽誤了。外放欒縣，不知道要熬多少年仕途才能夠有起色。

「你回欒縣多保重。」蘇荏轉移話題，看向營帳，大部分都已經熄燈。「欒縣常年受北蠻人侵擾，民生艱辛，又多山匪流寇，以前的知縣毫無作為，必然是個爛攤子。」

聽她關心的話，江未歇一直擔憂緊繃的心終於放鬆下來，笑著道：「妳莫要憂心這些，我會想辦法處理，妳在軍中才更應該小心。」

兩人說了一會兒話，直到有士兵巡夜走來，他們不便再多說，蘇荏才進了營帳。

次日，江未歇臨走前再來見她，和她說了一些事，特別囑咐她一切小心，若有什麼事情一定要讓欒縣來的大夫給他報個信。

為了不耽誤蘇荏對傷兵的救治，他都是長話短說，最後話別。

因為有欒縣過來的七、八個大夫和一批子弟的加入，稍稍緩解後勤軍營的壓力。

眾人從欒縣人的口中得知，欒縣知縣到任後一一拜訪了當地的鄉紳豪強，百姓們以為他和以往的知縣一樣會和當地仕紳勾結，未料新上任的知縣竟然從這些仕紳得到資助，籌措到一批醫藥物資和一些糧草，雖不多，卻可解燃眉之急。

欒縣而來的七、八名大夫，也都是在新任知縣的威逼利誘、軟硬兼施下請來的。

次月，江未歇再次押送糧草而來，與蘇荏見了面，總共相處不到一個時辰，又返回欒縣。

正是這個月，大魏與北蠻人的戰事進入最緊張的時刻，後勤軍營的糧草差點遭到敵方毀壞。

中秋將近，北方的夜已經有冬日的寒意。

蘇荏跟隨後勤軍與大軍向北方移動，親眼目睹了士兵的廝殺，溫熱的血濺了滿身滿臉，灰白的營帳上斑斑血跡，兵戎相交、馬蹄奔騰，怒吼嘶喊震耳欲聾，每一個呼吸都是塵土混著血腥。

經歷這些驚心動魄的場面後，又一個多月，前方傳來勝利的捷報。

北蠻人傷亡慘重，最後被驅逐到更北之地，應該會有好幾年無法再南下犯境。

捷報傳來的那一日，大魏的北地邊境飄起了雪。

這是第一場雪。

雪下了一天一夜，厚厚的積雪覆蓋了北境漫天的枯草荒山、鮮血屍骨，天地一片純白。

隨後蘇蒙率軍歸來，雖傷痕累累，但大捷的狂喜已沖淡所有將士身上的傷痛。待捷報入京，全軍受到犒賞封賜，北境軍也重新編制。

蘇荏私下從士兵口中打聽到，段明通已於兩個多月前，即歸營不久，戰死沙場。屍首未收，此時早已掩埋在大雪之下。

北境的冬日來得早、走得晚，小半年都是在嚴寒風雪中度過。

大捷之後，蘇荏便給家裡寄了一封信，說明情況。

隨後，蘇荏在後勤軍營跟隨老軍醫一起醫治戰後傷兵。

大雪封路之前，江未歇來過軍營一趟，本想帶她離開。但是蘇荏堅持留下，處理善後，江未歇沒有再堅持。

忙了幾個月，蘇蒙也相對輕鬆了些，兄妹二人見面的機會多了，時間也長了，閒聊涉及的話題自然更加廣泛。

蘇蒙聽說了欒縣知縣的事情，雖然沒有見過江未歇，但是一個探花郎，自然文采不凡，能夠戰時自發主動集資相助，品德忠義自不必說，主要是他能夠棄王家這條仕途捷徑，為了自己妹妹來到北境苦寒之地做個縣令，對自己妹妹的一片真心是有目共睹。雖然未曾謀面，蘇蒙對這個未來妹夫非常滿意、欣賞，又聽李轅說江未歇樣貌出眾，便更加歡喜，甚至開始催著自己的妹妹早點嫁人。

蘇荏羞澀難當，微嗔。「大哥這是要趕我出家門了？」

蘇蒙哈哈笑道：「我倒是想留妳在家一輩子呢，但現在不是有人不樂意嗎？」

「誰不樂意了？」

「那可多了。遠處不說，近處便有。」

蘇荏朝爐火邊吃著烤肉的李轅看去。

李轅立即擺手，一副怕惹事上身的架勢，急忙地說：「這可沒我什麼事。你們兄妹的事情別扯上我。」

蘇蒙笑著點了點她。

蘇荏頓時明白，惱羞道：「大哥，你別胡說。」

「我才不是胡說，現在妳是留也留不住了。再說，妳年紀不小了，誰家姑娘這麼大，不是兒女成雙了？妳再不嫁人，真會成了老姑娘。妳不想嫁人，小妹還想嫁人呢，妳可不能耽誤她。」

李轅割了塊烤肉吃下，笑著揶揄蘇蒙。「年紀不小還未嫁的姑娘還是有的，錢小姐不就是？」

蘇荏知曉錢小姐就是錢大將軍的千金，早幾年錢將軍打算將女兒許配給蘇蒙，卻因為北蠻人的戰事不斷，錢小姐的婚事也一直拖著，如今拖成了老姑娘。

「大哥，你可別說我了，你還是別耽擱錢小姐，盡早把未來大嫂娶進門吧！」

蘇蒙嘲笑她。「妳這麼著急？怨大哥耽誤妳不能早早嫁人了？」他還無奈地感嘆一聲。「果真是女大不中留。」

蘇荏羞澀地臉頰一紅，立即嗔怪。「你這是欺負我！我還是回自己營帳去。」說完，起身去拿斗篷準備出帳。

蘇蒙立即哄著道：「大哥錯了，不該打趣妳，外面正下著雪呢！快坐下來，喝杯熱酒暖暖身。」

蘇荏瞧著爐邊桌上一摞的案牘，笑著道：「我還有幾個傷兵要複查傷勢，我先回了。這兒過去也不遠，大哥若是閒了，可以叫我過來說話。」

蘇蒙望著帳外厚厚的積雪，還是喚來一個士兵送她回後勤營帳。

漫長的冬日過後，積雪消融，春風和暢，草木復甦，北境的曠野山頭再見蔥綠。

蘇荏學會了騎馬，帶著跟著她的小兵一路奔到附近的山坡上，望著北面平坦無垠的曠野。

去年那裡是戰場，埋骨無數，如今春夏交接，那裡又長出了青草，遠遠望去綠野無邊，掩蓋了戰爭留下的大半痕跡。

「蘇大夫，妳看什麼呢？這裡風挺大的，咱們不能久待。」

蘇茬「嗯」了一聲，卻沒有掉轉馬頭，還是站在山坡頂朝遠處望。

那裡是段明通埋骨的地方，雖然沒有親眼看著他死、沒能看到他的屍首有些遺憾，可知道他這樣曝屍荒野，她心中暢快。只是一想到無數與他同葬的大魏將士，不免又感傷起來。

「段明通，這輩子你戰死沙場，也算死得光榮。你我前世仇怨，就此了結，願生生世世永不相見。」

蘇茬打馬朝山坡下的軍營奔去。

到軍營後，她打算去見蘇蒙，和他說回鄉的事情。

她本是自請前來北境軍中，如今戰事結束，後勤軍營不缺軍醫，她也該離開了。請離書已經批覆，她準備過兩日就走。

剛到蘇蒙的軍帳前，她見到蘇蒙和李轅帶著士兵們從大將軍軍帳的方向走過來。

眾人進營帳後，蘇茬才得知，這次聖上召大將軍回京述職，由蘇蒙和李轅陪同。

從北境回恭縣，京城是必經之地，蘇蒙得知她欲回鄉，便要與她同歸。離家十年，他思歸的心，比誰都迫切。

安排好軍中之事，兩日後，蘇荏便跟隨大將軍等一行人一同回京。

經過欒縣時，蘇荏去見了江未歇。

因為戰後欒縣勸課農桑、百廢待興，江未歇事務繁忙脫不開身，無法陪蘇荏回去，而是讓族兄江路同行，順便代他回鄉去看望阿翁、父母和妹妹。

蘇荏在京城逗留了幾天，去拜見譚太醫，還見到了譚椿，得知卞聆和譚惜已經成親，如今譚惜陪著卞聆到夏州麗縣赴任。

蘇荏此時才想起來，當初為何第一次聽到卞聆的名字會覺得有些熟悉。

因為前世，明年夏州附近幾十個州縣發生一場旱災，災後爆發了嚴重的瘟疫，幾十個州縣百姓死亡過半，而卞聆因為賑災有功，得以連升。

同時蘇荏也從譚椿那兒得知，段明達自請外放，到騫州任職。

這倒是讓蘇荏很意外。前世的段明達是在夏州旱災後，被調任騫州做了知州，一直到前世她自盡。今生段明達竟然自請去騫州，提早了幾年，如今到騫州也不過是做一個地方小官罷了。

蘇荏隱隱覺得這裡面有什麼緣由，甚至猜想段明達似乎對前世也知道什麼，但這只是一時猜測，很快她就淡忘此事。

隨後她又去拜見太醫司的師父，意外見到藥園採藥師萇季。

處理完諸多事務後，兄妹二人一同啟程回鄉。

蘇村。

蘇父、蘇母見到長子回來，激動得淚水漣漣，抱頭痛哭。

睽違十年，蘇蒙離開的時候，只是一個剛過十五歲的青澀少年，歸來時已經是飽經風霜的健壯青年，連面容、身形都變了。

村上的人見到蘇蒙顯達了，將蘇家的院子擠滿，問好的、巴結的、湊熱鬧的……一波接著一波，今兒來、明兒還來，唯一沒有來的人是蘇大槐。

蘇大槐的媳婦瘋病越來越厲害，前年失足落水溺死了，蘇大槐瘸了腿後，老娘又病逝，現在打著光棍，生活苦不堪言。

村中來得最勤的人就是蘇二嬸，在蘇蒙面前說盡了好話，逢人都說自己的大姪子現在有出息了，是個將軍。此舉倒是被方臘梅狠狠唾棄一番，之前蘇二嬸罵蘇蒙指不定死在外面，現在卻跟哈巴狗一樣貼上去。

前來的人自然也少不得江家，他們從江路那裡知道了江末歇的近況，也盼著兩家孩子的婚事能夠定下，然而江未歇如今遠在北境欒縣，要待年末放休歸來才能確定事宜。

蘇蒙在家中沒有待多久，因為軍務便先回京。

蘇荏留在村子裡，找了個時間到縣城親自登門段家，告知段明通死在戰場上的消息。

段母自從長子流放充軍後已經臥病，隨後因為次子對她態度冷淡更加抑鬱，如今聽到長子戰死，一時悲傷過度，當場噴出一口鮮血，昏了過去。沒多久就聽說段母病危快不行了。

秋收後，傳來段母病逝的消息。

次月，蘇蒙在京城安置了一處院子，蘇家舉家遷往京城。

蘇荏重新回到太醫司學醫。

第四十章

雪後初晴，空氣冰冷，直到午後才稍稍回暖。

蘇荏剛跨出太醫司的門檻，就見到江未歇立在一輛馬車前，一身常服冬衣，披著深色斗篷，正在昂首看著太陽。

察覺到有人出來，他立即轉開目光，見到蘇荏，笑著迎了上去。

「你怎麼來這兒了？」蘇荏笑著問。

江未歇因為功績和官員的舉薦，年末被重新調回京城，在戶部任職。江家人也一同入京。

恰逢年底，又是最忙的時候，江未歇總在休沐的小半日空檔來看她。

昨日蘇荏聽小弟說傍晚去找他，還公幹未歸。今日若非休沐，這個時辰哪能閒著？

江未歇笑道：「前幾日將事情都處理得差不多了，今日清閒一些，所以來接妳。聽小葦說妳最近很忙，常跑去譚府請教譚太醫，可是遇到了什麼難題？」

他不懂醫藥之事，但還是希望她遇到困難時能夠幫上忙，哪怕是陪著她也好。

蘇荏遲疑了下，點了點頭，面色也稍稍沈了下去，語氣有幾分凝重。「我在鑽研一種救治瘟疫的藥方。」

「瘟疫？」江未歇聞之色變，立即緊張起來。

最近他在朝中，並未聽說哪裡發生瘟疫，她怎麼忽然想研究這個？

蘇荏點了點頭，見太醫司門前還有進出的學子，在這兒說話不方便，便道：「上車，我與你細說。」

坐上馬車後，江未歇將一個小手爐塞到她的手裡，笑道：「暖暖身子。」

蘇荏看著懷中的小手爐，手掌撫上去，暖意立即從雙手流向身體。

她抬頭看向江未歇，想到當年他體弱怕寒，每到冬日幾乎是離不開這東西。這幾年他身體健康，在北境欒縣更是磨練得結實了些，手爐也非必要之物，前幾日他到蘇宅都沒有帶上，今日卻備著，且還是熱的，看來是特意為她準備的。

蘇荏心中頓時暖烘烘的，嘴角不自覺彎了彎。

江未歇看在眼裡，樂在心裡。

他想這樣一直看著她溫暖的笑，一輩子。

蘇荏察覺到他的目光緊盯著自己，覺得有些不自在，便開口說正事。

「我最近一直在研究近百年的瘟疫。瘟疫素來如洪水猛獸，我翻過以往大魏各地的瘟疫記載，病因、症狀雖然有所不同，但是危害卻都相似。每次瘟疫爆發，動輒是成千上萬的百姓殞命。數十年前的嶂山縣爆發過一次，最後整個嶂山及附近數個縣幾乎七成百姓喪生。如果能夠找出一點規律或者共通之處，提前配出通用的藥方來，即便瘟疫發生時無法徹底醫治，至少能夠控制、緩解，不至於讓那麼多無辜百姓喪生。」

江未歇聽完，帶著幾分探究地看著她的眼睛，見她眼中有著急，更有擔憂害怕，似乎並不是出於防患未然才研究藥方，而是瘟疫就近在眼前。

前世他過世之後，她又活了許多年，因段明達為官，她也多少知道一些國內大事。如今這般著急、迫切地研究藥方，必然是知道接下來有一場瘟疫，而且這場瘟疫為期不遠，春、夏歷來是瘟疫最容易爆發的時節。

蘇荏前世的確知道明年夏州一帶有場旱災，旱災後帶來了瘟疫，但是爆發的確切原因、最初是在夏州哪個地方出現、感染瘟疫的人又是什麼症狀，她均一無所知。

她真的感到懊悔，若是前世能多了解一些，至少現在她可想辦法去控制瘟疫傳染和研究瘟疫病情，提前準備藥物和藥方，也能不讓太多百姓受此瘟疫荼毒。

她無力改變天災，只能對後來爆發的瘟疫盡一點綿薄之力。

蘇荏看向江未歇，他在朝為官，又素來聰明，必然能有辦法。

正當她猶豫要不要將這件事向他坦白時，江未歇開口問：「瘟疫會在什麼地方、什麼時間發生？」

蘇荏驚愕地看著他，沒想到他毫無避諱、如此直白地開口。雖然彼此都知道對方重生，但如今這麼突兀地問出這一句，將原本心底那點共通的秘密擺到檯面上，還是讓她猝不及防。

見蘇荏驚得發怔，他卻會心一笑，聲音溫柔地道：「我想和妳一起分擔。我畢竟在朝為官，總是可以想出更多辦法。」

蘇荏笑了。既然點破，她也不再猶豫糾結，直言道：「明年夏，夏州大旱，會鬧飢荒，同時伴有瘟疫。」

「夏州？」江未歇一臉驚訝。「卞公子在任的那個夏州？」

「是。」

蘇荏將前世那場瘟疫的情況都和江未歇一一說明。

江未歇沈默了片刻，道：「還是先知會卞公子一聲。」

「可這種事……」

毫無預兆、毫無根據怎麼說？

說了誰會信？

說不定還會被冠上妖言惑眾、擾亂民心的大罪，不僅於事無補，還平白無故惹禍上身。

「我會找其他理由給他提個醒。卞公子本就非庸碌之人，若能提前警醒，早做準備，至少可以減少損害。而且他在夏州任職，一旦發現了跡象，也可及時上稟，做好防範。」

蘇荏想了想，卞聆前世賑災濟難，今世必然赤心依舊，但凡有損民利之事都不會輕視，若能夠給予提醒，再好不過。

馬車緩緩駛到蘇宅門前，江未歇送她回到蘇宅後，就回去準備此事，思考對策。

夏州附近幾十個州縣發生旱災，是國之大患，到時賑災的款項、糧食也都落在戶部頭上，若想減輕災害，必須提前做足準備。

他不過一個戶部七品小官，又是剛剛到戶部任職，人微言輕，所言又有誰會當回事？

江未歇苦思冥想了一夜，終於想到一個人——襄王。

夏州及附近幾十個州縣，大部分都在襄王的封地之內，若是真的有災情，他比朝中那些大臣都關心。

而且前幾日襄王到戶部公幹，正值他當差，襄王還讚許了他兩句，應該對他還有印象。這兩日他正有公文要送過去，倒是個接近襄王的機會。

想到這裡，他不禁自嘲起來。

當初得罪王侍郎被外放北境苦寒之地，他曾立誓此生「寧為清貧知縣，不做攀附卿相」，沒想到才不足兩年，自己倒是要去「巴結」襄王。

巴結就巴結吧！若是真的能夠解除明年的大災，即使違背誓言，想必老天也不會責怪吧？

隨後他找了一個看似合理的藉口去信給卞聆，提醒他明年天有異象。隨後又想盡辦法接近襄王，一切尚算順利。

蘇荏也一直忙著，她成功說服了譚椿和太醫司幾位相熟的同窗，讓他們對尋找預防或治療瘟疫的醫藥之事感興趣，認為這是功在千秋的大事，十分積極。

他們一起翻看各類關於瘟疫的醫書和志略記載，然後慢慢研究。若遇到草藥方面的難題，蘇荏便前往藥園去請教萇季。

年節休沐，江未歇幾乎是天天去蘇宅。

江未晚不禁開玩笑道：「哥，你去給蘇家做上門女婿得了，蘇家的門檻都要被你踩爛了。」

江未歇也取笑她。「妳這麼急著要招個上門夫婿回來？看上哪位郎君了？」

江未晚羞紅臉，氣得「哼」一聲，將院門一關，透過門縫對他道：「你先把蘇姊姊迎娶過來再說吧！阿翁等著曾孫子，爹娘也在等抱孫子呢！」

去蘇宅的路上，江未歇一直想著這個問題。

因為李阿翁去世，蘇荏家孝未除，即便他有求娶之心，蘇荏有嫁他之意，也不能夠違背孝道，更何況他已非第一次求娶，只是蘇荏一直沒有點頭。他清楚那是因為前世的傷太痛，她還未緩過來。

他真的想知道前世自己死後，她的餘生過著怎樣的生活？但他清楚自己不能問，那是蘇荏心口最深的傷，既然她現在已經慢慢淡忘那些傷痛，他不應該再去揭開。

他唯一能做的就是陪著她、守著她、護著她，慢慢陪她癒合前世的傷，等她接受他的感情，此事只能緩不能急。

這幾天，天氣又冷了些，蘇荏沒有出宅子，一直圍著爐子翻看醫書或者研究瘟疫藥方之事。

江未歇來到房門前的時候，她正對著面前的藥方苦思冥想。

蘇葦掀開門簾正準備叫她，被江未歇攔住。

她這麼認真，連來人都未察覺，必然是聚精會神地深思，不可打斷。

「歇哥哥，那你先進去吧！我不打擾你們了。」蘇葦賊兮兮地說，還給他一個鼓勵的眼神。

江未歇笑了，這麼多年，在蘇荏的事情上，他是幫自己最多的人了。

他悄聲進門，瞧見她手邊茶杯裡已經空了，便幫她續了一杯端到手邊，蘇荏竟絲毫未有察覺。

他就坐在她對面的小方凳上，靜靜看著她專注的模樣。

好一會兒，屋外的院子內忽然響起哈哈大笑之聲，蘇荏神情一凜才回過神來，見到一個人端坐在面前，不由得大驚。

「未歇？你什麼時候過來的？」

江未歇一怔。

未歇？這還是蘇荏第一次這麼稱呼他，這麼多年，她一直都習慣稱呼他江小郎，客氣而疏離。

她第一次這麼自然、隨意地喊出他的名字，就好似喊過千百遍。剛剛的一驚，應該呈現出她內心深處最真實的想法。

他頓時樂地笑了。

「剛進來。」

「你那邊進展如何？」她問道，覺得喉嚨因對著爐子時間長了，有些乾啞，端過手邊的茶杯正準備潤喉，發現杯子裡的茶水是滿的，而且已經有了涼意。

她心下了然，他應該早就到了，茶水是他幫她添的。

「重新換杯熱的。」江未歇起身去幫她換茶。

坐回爐火邊，江未歇與她說明現在的情況。

因如今歲末休沐，有些事情即使他想辦，無奈官職低微又無根基，加之當年得罪過吏部侍郎，那些官員都是找藉口將他拒之門外。

只有襄王是個隨興的人，知道他是當年的探花，又毅然拒絕王侍郎招婿，而欣賞他幾分，願意見他一面。

但畢竟身分差別之大，他又寸功未立，此時也不便多說，只能慢慢等待時機。

蘇荏也將自己這邊的進度和江未歇說明，並準備明年旱情發生後去一趟夏州，若是能夠及早發現感染瘟疫的百姓，也能早一步想辦法，找卞公子幫忙，或許能挽救一二。

江未歇擔憂地望著她，瘟疫如虎，人人避之唯恐不及，而她卻主動前往，稍不注意，便有可能染上瘟病。但是看著她熾烈的目光，他又說不出勸阻的話。

上輩子他不能事事如願，這輩子她想做什麼便做什麼，他來護著她。到時候災情發生，戶部必然會派人前去，自己請命前往，陪著她、護著她，她若是有什麼需要幫忙，自己身為朝廷命官，也能給予她許多方便。

「蘇大妹妹，我都來半晌了，妳就不出來見見我嗎？」門外有人喊道。

是李轅的聲音。

自從回京後，李轅三天兩頭來蘇宅，起初還是為了公幹之事，現在休沐，幾乎都是找蘇蒙喝酒，或者找藉口將蘇蒙拉去錢大將軍府上，用意明顯。

蘇荏和江未歇走出房門，李轅一手正搭在蘇葦的肩上。

見到兩個人，越看越覺得般配，李轅笑著打趣道：「明春，我們就回北境軍了，你們這杯喜酒，我能不能在離京前喝上？」

蘇葦回道：「你肯定能喝上喜酒，不過是我大哥的。至於我大姊和歇哥哥的，估計你要再回來一趟了。」

蘇荏駁斥了蘇葦一句，然後側頭看向身側的江未歇，江未歇也正望著她，四目相對，她忽覺面前的人早已不是那個少年了，而是有擔當、有責任的男兒郎。

「荏兒。」江未歇望著她溫柔似水的眸子，輕聲道。「無論多久我都等妳。」

蘇荏心中慌亂，忙轉過目光。

雖然在兩家人眼中，甚至在譚家、太醫司和那些親朋的眼中，已經將他們視為一對，成親只是遲早的事情。

前幾日江母過來找蘇母閒話時也提到此事。

開春除孝後，江家打算正式上門提親，然後三書六禮，擇個黃道吉日，結成親事。

蘇母詢問過她的意思，但蘇荏沒有回話。

因為她的心已經亂了。若是答應，心中總覺得太過倉卒，自己沒有完全接受；若是拒絕，自己心中已然不捨。事情只得一直僵著。

定了定神，她再次抬頭望著他，輕聲道：「夏州之事緊迫，先莫談這些。」

江未歇聽出幾分話外之音，笑了笑點頭答應。

「大姊，你們說什麼呢？」

站在院子中的蘇葦和李轅隔得有點遠，完全沒聽到他們之間的低語。

江未歇笑道：「說你明年要去軍營歷練，回來是不是也成了粗糙漢子。」

「才不會。」蘇葦立即叫道。

江未歇帶著幾分打趣地道：「你瞧瞧李將軍。」

蘇葦看了身側的李轅。當年在蘇村時，那可是個細皮嫩肉、說話輕聲細語、舉止文雅的貴公子，如今模樣的確變得粗糙許多。

蘇葦嘿嘿笑道：「李大哥這樣更像個爺們，以前真的就是『李娘子』。」

「這豈是你能亂喊的？」李轅佯怒，拍了下蘇葦的頭教訓。

蘇荏和江未歇站在門前相視而笑。

京城的冬日不似北境漫長，出了正月已經有幾分春意，蘇家和錢家開始準備蘇蒙和錢小姐的婚事。

三月初兩人成親，次月蘇蒙因戍邊，回北境軍。

春末夏初，夏州一帶的旱情已經有些端倪。

經過幾個月的鑽研，加之譚太醫、太醫司師父以及藥園萇季的幫忙，蘇荏、譚椿和幾位同窗總算是有些成效，找到一定程度能緩解普通疫病的法子。

江未歇那邊也靠著自己的才德得到襄王賞識，他總有意無意地在襄王面前略提及夏州。

襄王也注意到了封地夏州一帶，開春後降雨比往年少了許多，如今已露旱情的苗頭，也不由得開始提前防備。

而身在夏州麗縣的卞聆，更加敏銳察覺到天災降臨，也想到江未歇這幾個月給他的兩封信中提到的事情。

往往大災之後有瘟疫流行，他也不得不防患未然。

天災大旱，波及夏州附近幾十個州縣，上一季的莊稼顆粒無收，下一季的莊稼無法播種，百姓家中的口糧維持短短時日後，已經無米下鍋，田地裡連野菜都挖不到半顆。

百姓為了生存，漫天野地去尋找能夠充飢之物。

卞聆早有準備，並且在旱情初現之時便上報知州，引起重視，如今夏州及時開倉賑濟，知州上書朝廷請求撥糧濟難。

此時，蘇荏已經離開京城前往夏州，江未歇也請命跟隨負責此次賑災的襄王前往夏州。

江未歇藉此向襄王進言，天災與瘟疫常常相繼而來，不得不提前做好對策。因旱情之事有江未歇的預言提醒，襄王對他也看重幾分，如今聽他這麼一提，頓覺此事雖未發生卻不得不防。

蘇荏前往夏州，譚椿知道她的用意，雖然這種冒險的事情她不便開口讓他們幫忙，但他還是跟著她去了。

譚家雖然藥材生意不算大，在夏州還是有間大的鋪面，加之伯父也有一位弟子如今在夏州府教授醫學，倒是可以幫上忙。

有著襄王之命，夏州一帶的官員也不敢輕慢，雖然個別官吏覺得杞人憂天、多此一舉，卻也不敢多言，還是將命令下達。

蘇荏每日都心中慌亂，夏州附近有幾十個州縣，她卻不知道最初瘟疫是在什麼地方出現，即使現在賑災糧食已到，百姓啃食鼠蟲、病死家畜和家禽的情況會有所緩解，但是仍無法杜絕，加之如今已有百姓四處逃難，這都是隱患。

她只求上蒼仁慈，能夠消除這場災難。

可惜她的祈求毫無意義，在一個月後，瘟疫還是在夏州權縣出現，當下面差吏稟報時，瘟疫已經在數個鄉鎮流行，更有百姓病死。

得了瘟病的百姓，高燒不退、全身發癢，嚴重者甚至潰爛腐臭，凡接觸沾染者一、兩日內就會發病。許多百姓為了躲避瘟病，紛紛逃向附近的縣鎮。

不過一、兩日的時間，整個權縣甚至臨近的縣都傳出了疫情，凡接觸者，無一不被感染。

疫病來勢洶洶，如洪水猛獸，數日內席捲了整個夏州。

襄王下令，將百姓控管於夏州境內，無論有無染上瘟疫，凡擅離夏州者，殺。

蘇荏和譚椿在瘟疫出現之時，立即前往權縣，與縣衙徵調的大夫一同救治。江未歇也盡自己所能，給他們爭取最大的許可權和支持。

數日後，朝廷下令，半數太醫司學生以及太醫院的太醫、藥園的採藥師和藥園生等，前往夏州，醫治疫病。

因蘇荏等人已經提前琢磨出緩解疫病的藥方，使用在患者身上成效顯著。

太醫、太醫司的博士們琢磨根治的方法，蘇荏等人對瘟疫大半年的鑽研也在此時幫上忙，不日，他們找到根治的辦法和藥方。

雖然夏州附近也有染病者，但救治、控管及時，沒有蔓延開來。

江未歇在處理完自己的事情後，也盡其所能地幫她，凡有什麼醫治疫病的需求，他總不辭辛勞地斡旋在襄王或官員之中爭取資源。

蘇荏也不知道為何，之前心中一直驚慌害怕，但是只要看到江未歇在，心裡就特別安穩，好似找到了主心骨，好似他就是她背後的依靠。

次月，瘟疫幾乎盡除，整個夏州有三成百姓死於這場瘟疫，死傷慘重。

對於知道前世情況的蘇荏來說，相比夏州附近幾十州縣七成百姓病亡，這已經是最好的結果了。

夏州災情結束後，蘇荏隨著江未歇一同回京。

伴著馬車的顛簸晃動，疲乏、困倦席捲而來，蘇荏不知不覺眼神變得迷離，差點撞到車壁上，幸好被江未歇及時摟住。

蘇荏被磕醒，剛想坐直身子推開江未歇，江未歇卻摟得更緊了。

「睏了，就睡會兒吧！累了一、兩個月，現在沒什麼能夠打擾妳，好好睡一覺。」

她抬眼，看著他的眉眼，笑了笑。「你也沒一刻歇息，都瘦了。」

「回去吃幾頓好的就胖回來了。」他自我解嘲道。

蘇荏笑了。

片刻，他低聲問：「荏兒，如今妳心事已了，可否了卻我一樁心事？」

「什麼？」

蘇荏睡眼矇矓，說話也都含糊不清。

「嫁給我，荏兒，我想娶妳，我想妳做我的妻子，我想一輩子名正言順地守著妳、護著妳、疼著妳……」

感覺到懷中人沒有任何回應，江未歇側頭望去。

蘇荏不知道何時已經閉眼睡著了。

不知道剛剛的話，她有沒有聽見，聽見了多少？

他輕輕挪了下身子，給她一個更好的懷抱，讓她睡得舒服些。

他伸手輕輕理了理她有些凌亂的鬢角，輕聲道：「沒聽見沒關係，等妳醒了，我再說一遍給妳聽。」

蘇荏挪了挪身子，將頭埋得更深些，躲開江未歇的視線，嘴角勾起幸福溫暖的笑意。

江未歇聽到了那細小的笑聲，知道她是假寐，又將剛剛的話重複說了一遍。「荏兒，我想娶妳……」

蘇荏知道自己裝睡被識破，卻依舊埋頭沒有回應。

江未歇說完了一遍，未得蘇荏回答，又重複一遍。

蘇荏就靠在他的懷中，一遍一遍聽著他對她的承諾，腦海中也在不斷回想這麼多年的點點滴滴。

從江村病床上那個奄奄一息的病秧子，到富康藥鋪外淺笑溫潤的少年；從恭縣那個常常去醫館看她的小秀才，到京城隱忍護著她的年輕人；從不畏強權為她外放北境的癡心小官，到如今守著她、護著她、默默支持她，有責任、有擔當的真正男人。

蘇荏不知不覺眼中竟有一絲模糊。

這輩子得這樣一個人的疼愛，她很知足。

許久，不知道江未歇已經說了多少遍，她慢慢從他懷中直起身，昂首看著他充滿柔情的雙眸，笑著點了點頭。

江未歇愣住了，似乎沒想到驚喜來得這麼意外。好半晌，他才放聲笑出來，一把將蘇荏緊緊攬入懷中。

「荏兒，妳答應嫁我了？」

「未歇，我答應。」

兩人回京後，朝廷論功行賞。

襄王為江未歇請功，並大讚其才，江未歇得以連升。蘇荏因無官職在身，得了豐厚賞賜。譚椿以及太醫司、藥園之人均論功行賞。

卞聆也因此功績，次年調回京城為官。

數年後，蘇荏因研製新藥和創建一套行之有效的醫藥論，成為太醫司醫博士，授業新入學的生員。再幾年，入太醫院。又幾年，復回太醫司，任太醫司主司。

尾聲

江府。

一個七、八歲的小少年鬼鬼祟祟地爬到牆頭，一雙烏溜溜的大眼朝外面四處張望，沒有發現什麼可疑的跡象，立即從牆頭跳下去，摔在地上。

小少年站起身，拍了拍屁股準備開溜。

忽然身後傳來一聲喝問：「要去哪兒？」

被發現之後，少年喪氣地拍了拍腦袋，然後立即滿臉堆笑地轉身，對來人嬉皮笑臉地道：「爹，孩兒在練功。」

小少年指了下牆頭，補充道：「咱家牆頭還挺高的。」

男子冷聲教訓。「為父看還不夠高，都攔不住你這小子。」

小少年笑了笑，討好道：「天不早了，孩兒回去看書了。」

說完，正轉身準備開溜，卻被兩個僕人攔下，一人一條胳膊將他給架住。

小少年掙扎著兩條腿亂踢。

「爹，我錯了！」

男子不理會，轉身朝府門走，身後兩個僕人架著小少年跟上去。

小少年更加著急，立即喊道：「爹，孩兒本來想規規矩矩在家看書，是小舅舅威逼我翻牆去找他的，還有大表哥，他們就在巷子盡頭呢，爹不信可以去看看……」

哀求無效，男子沒有絲毫饒過他的意思。

「爹，你不饒了孩兒，孩兒就告訴娘，說你要找姨娘。」

男子立即頓住步子，轉身呵斥。「放肆，一派胡言！」

「我……我昨日看見一個姑娘對你投懷送抱，小舅舅也看見了，就在隔壁街，我定要告訴娘去。」

「那是……」

「不聽、不聽、不聽……」小少年拚命搖頭、踢腿耍無賴。「爹，你不要娘和孩兒了，爹要找姨娘了……啊啊啊……」

然後他扯開嗓子朝院裡大喊大叫，還故意發出委屈的哭腔。

「娘，爹不要我們了，他要找姨娘了，娘……」

「住口！」男子怒斥。

小少年立即止住叫聲，癟著嘴，一臉委屈，目光中卻透著得意歡喜。

「跟你小舅舅都學壞了！」

小少年嘟囔道：「當年還不是爹為了求娶娘，收買小舅舅，把小舅舅教壞的。」

「你說什麼？」男子拉下臉。

小少年立即笑顏如花，討好道：「孩兒說，爹說得對。」

江府門前，一輛馬車從對面街道駛來。

小少年一眼認出是母親的車駕，又大聲地喊叫起來。

馬車在門前停下，走下來一位年過三旬的夫人，氣度雍容、風姿綽約，容色不遜二八少女。

男子剛邁開步子，小少年已經甩開僕人衝到跟前，撲在夫人懷中，抱著她告狀。

「娘，爹不要我們了，爹要納姨娘了。」

顯然小少年這一招不是第一回用了。

夫人已經司空見慣，知道兒子是又犯了錯，想用這一招威脅老爹饒了他。

她故意開玩笑道：「你爹要納就納，人多家裡熱鬧。」

小少年一愣，沒想到母親這般反應。

男子立即慌了，忙搶步到跟前，慌張地解釋：「荏兒，為夫可從未有半點心思，為夫……」

蘇荏看著丈夫緊張慌神的模樣，心中不由得一笑。

這麼多年了，他一聽到這種事情還是緊張得像個少年，生怕她有半點誤會，更怕她的不在乎。

蘇荏笑著道：「昨日的事情我已知道了，小葦就怕這小子回來後在我面前亂說，特地和我說了原由。」

小少年更是一驚，弄了半天，自己這是瞎鬧騰？

他輕聲嘀咕抱怨，垂頭喪氣地朝府內走去。

江未歇與蘇荏相視一笑，他伸手攬過她，笑著道：「夫人知我、懂我、信我，這輩子能夠娶得夫人，是為夫最幸福、最值得誇耀的事。」

蘇荏取笑道：「人越來越老，官越做越大，說話卻越來越不正經了。」

「這話怎麼不正經了？為夫肺腑之言，甚覺慷慨激昂呢！」江未歇裝作一本正經的臉說。

蘇荏噗哧笑出聲，輕輕推搡了他一下，嬌嗔道：「越說你越像個少年愣頭青了。」

「在夫人這兒，是什麼都好，就如夫人在為夫的心中一般，無論妳變成什麼模樣，都是為夫心中獨一無二的至寶。」

「行了、行了，又開始說話不正經了。」

蘇荏輕輕捶了他的肩頭，慢慢依偎著他。

江未歇一邊摟著她跨過門檻朝府內走，一邊帶著孩子般的雀躍問：「為夫這幾日學了一樣拿手菜，今日做給夫人嚐嚐。」

「不會又難以下嚥吧？」

「這次為夫嚐過，可以吃。」

「只是可以吃？」

「為夫已經很盡力了，慢慢來嘛！」

隨著人影越走越遠，說話的聲音漸漸聽不清了，只剩風中隱約傳來的歡笑聲。

朱紅的大門在兩人身後輕輕闔上，匾額上的「江府」二字尤為醒目。

——全書完

文創風
845

醫香情願 下

國家圖書館出版品預行編目資料

醫香情願 / 南林著. --
初版. -- 臺北市 : 狗屋, 2020.05
冊 ; 公分. -- (文創風)
ISBN 978-986-509-102-6 (下冊 : 平裝). --

857.7 109004253

著作者	南林
編輯	黃鈺菁
校對	黃亭蓁
發行所	狗屋出版社有限公司
地址	台北市104中山區龍江路71巷15號1樓
電話	02-2776-5889～0
發行字號	局版台業字845號
法律顧問	蕭雄淋律師
總經銷	知遠文化事業有限公司
電話	02-2664-8800
初版	2020年5月
國際書碼	ISBN-13 978-986-509-102-6

本著作物由北京晉江原創網絡科技有限公司授權出版

定價250元

狗屋劃撥帳號：19001626

網址：love.doghouse.com.tw E-mail：love@doghouse.com.tw